# MALU DE BICICLETA

# MALU DE BICICLETA
Marcelo Rubens Paiva

Copyright © 2003 by MP Produções Culturais

*Grafia atualizada segundo o Acordo Ortográfico da Língua Portuguesa de 1990, que entrou em vigor no Brasil em 2009.*

*Capa*
Raul Loureiro

*Foto da Capa*
Martin Barraud / Getty Images

*Revisão*
Umberto Pinto de Figueiredo
Renato Bittencourt
Taís Monteiro
Clara Diament

cip-Brasil. Catalogação na fonte
Sindicato Nacional dos Editores de Livros, rj

P149a
    Paiva, Marcelo Rubens
        Malu de bicicleta / Marcelo Rubens Paiva. — 1ª
    ed. — Rio de Janeiro: Objetiva, 2003.
    224p.

        isbn 978-85-7302-566-8

        1. Literatura brasileira - Romance I. Título

cdd: B869.3

*7ª reimpressão*

[2017]
Todos os direitos desta edição reservados à
EDITORA SCHWARCZ S.A.
Praça Floriano, 19, sala 3001 — Cinelândia
20031-050 — Rio de Janeiro — rj
Telefone: (21) 3993-7510
www.companhiadasletras.com.br
www.blogdacompanhia.com.br
facebook.com/editoraobjetiva
instagram.com/editora_objetiva
twitter.com/edobjetiva

*para Rachel*

# I

Está vendo?

Claro que eu queria tudo diferente, ser mais esportista, correr como um doido por aí, ter aprendido francês, viajado à Tailândia, por que não viajei tanto? Eu deveria ter morado um tempo fora, queria ter conhecido um deserto, é, também não conheço a Amazônia, o Pantanal, o Peru, deveria ter lido mais autores brasileiros, queria ter assistido a todas as peças de teatro, até as malucas, aquelas que duram horas, em que os atores ficam nus, eu poderia ter feito teatro, eu seria um bom ator? Quase tirei brevê. Saberia pilotar pequenos aviões, poderia até pular de um deles de paraquedas, nunca voei nem de asa-delta, nem sei esquiar. *Skate?* Nem pensar. Nunca fui operado. Queria ficar dois meses internado num hospital, para ter uma multidão cuidando de mim, me acordando cedo, me dando café na boca, me fazendo fisioterapia, me tirando a pressão e a temperatura, me olhando com carinho e me informando como estou, preocupada comigo, analisando meu caso, decidindo o que fazer, me receitando dietas, remédios, e eu nem sairia daquele quarto, ficaria assistindo à TV, lendo jornais e livros e, na maior parte, olhando pro nada. Minha vida estaria nas mãos de alguém.

Aconteceu.

Está vendo? É a minha cidade. Parece uma foto desfocada, com pontas direcionadas para todas as partes. Uma armadilha. É a névoa. Estas nuvens não saem daí. As pontas não são faíscas. São lanças. São prédios e antenas. Em todos eles há antenas agora. Tudo muito carregado, muitas ondas invisíveis embaralhando informações. Todos pretendem estar muito em contato. A TV está ligada. Diz o *slogan* da CNN: "Seja o primeiro a saber." Pra quê?

Aconteceu, porque não havia acontecido antes.

Olhe ali, é o meu bairro. Está vendo? Familiar. Antigamente, muitos prédios baixos sem cor e muitas casas neutras. E geminadas, como livros numa estante. Quantos prédios agora, reparou? Minha rua já foi calma e arborizada. Esta cidade era outra. Esse aí é o jardim bem aparado da entrada do meu prédio. Agora conte nove andares. Olhe eu ali na varanda. Sim, sou eu.
É, eu sei, é Malu quem costuma estar nesta varanda de manhã, sob o sol, em azul, sua atual mania, lambuzar o corpo com a tal pasta azul, cor de um produto manipulado e orgânico, e a pele fica hidratada, e alguém sabe por que está na moda as mulheres tomarem sol em azul? Mas quem você vê agora não é Malu, é? Não. Sou eu, Luiz, isso mesmo. Sou eu acenando. E aí? Ela está no Rio. Ela tem ido muito ao Rio. De repente, aconteceu, ela começou a ir muito ao Rio, está sempre no Rio. Você sabe o que isso significa. Eu também. Quer dizer, desconfio, penso que sei. E sei que tenho quase certeza. Ela está tendo um caso. No Rio. Não é assim quando a mulher começa a viajar muito para a mesma cidade?
Que poder tem a palavra... Eu podia chegar pra ela e dizer: "Olha aqui, vá embora, sua filha da puta, você me trai, seu sorriso é insuportável, sua voz me irrita, suma!". E ela sumiria. Mas são só palavras se sucedendo. Eu nunca diria isso. Que poder...
Bem, tudo bem, ela é do Rio, foi no Rio que a conheci, mas por que esta súbita vontade de ir ao Rio quase sempre, se ela sempre dizia que não queria mais ir pra lá? Ela não gostava mais do Rio.

Nunca imaginei que poderia acontecer.

É, há anos, na orla do Leblon, a conheci. Eu passava férias naquele hotel em frente à praia, como é mesmo o nome? Não estava lá para conhecer a mulher da minha vida, mas para fugir dos rolos e histórias sem fim de mulheres da minha vida. Porque é assim que se faz, sumir, quando as histórias se atropelam. Não era mérito algum ter uma penca de mulheres atrás de mim. Afinal, a maioria delas me odiava. Eu tinha este defeito: envolvia, prometia e não cumpria. Uma doença que vinha de longe.

Leblon. Atravessei a Delfim Moreira, a avenida da praia, você sabe, para tomar a primeira água de coco num quiosque. Mas, sabe como é, turista, atravessei a ciclovia sem olhar, inexperiência, não tem ciclovia aqui em São Paulo, nem sabia que aquilo era uma ciclovia, atravessei ofuscado pelo brilho de tanto mar, luzes na areia, beleza, e sua bicicleta, a de Malu, vinha a toda. Ela teve de brecar bruscamente pra não me atropelar. O barulho foi o de correntes enferrujadas se soltando. Ela parou, eu disse:
"Puxa, foi mal, eu não vi que você vinha."
Me olhou contrariada. Meu sotaque paulista explicou a situação, lá vem, mais um paulista que não sabe que para atravessar a ciclovia existem regras, olhar para os lados e só atravessar no sinal. Depois, sorriu, como um local sorri para um turista perdido, sorriso de um local do local que precisa de turistas para ser um rentável local turístico. Montou na bicicleta, acenou perdoando, ia zarpar, mas não saiu do lugar. A corrente tinha escapado. Olhou decepcionada para as engrenagens. E eu disse:
"Espere, deixe que eu arrumo pra você."
"Deixa quieto", disse com um inconfundível sotaque carioca.
"Não, faço questão, a cagada foi minha, atravessei sem olhar.

É que eu sou paulista."
"Você é paulista?"
"Desculpe, falei 'cagada'. Que feio, desculpe, falei de novo."
"Deixa quieto."
"Eu sou bom nisso, andei muito de *bike* na vida."
Menti. Foi horrível. No primeiro encontro, já uma mentira.
"Eu também", ela disse.
"Tem que virar a bicicleta, saiu a corrente."
"É, eu sei."
"Sai dela."
"O quê?"
"Pra eu virar."
"Deixa que eu faço."
"Desculpe. Estou querendo ser educado."
"É, eu sei, tudo bem."
"Você é carioca? Claro que é. Estamos no Rio."
"É. Mas tem muita gente que não é daqui."
"Como eu."
"Eu poderia ser mineira."
"Chega pra lá."
"O quê?"
"Pra eu virar a bicicleta."
"Pra quê?'
"Pra arrumar a corrente."
"Não precisa."
"Deixa comigo."
"Eu arrumo."
"Por favor..."
"Deixa quieto."

O importante não é saber a hora de chegar numa festa, mas o momento de sair fora sem esquecer de descolar o telefone de alguém. Numa festa, quase todos se divertem. Os galinhas ralam. Uma festa é o seu escritório, com rituais quase litúrgicos. É como uma bolsa de mercadoria futura, planeja-se o amanhã. O galinha profissional não age na festa. Não se pode perder tempo com amenidades. Ele colhe papéis para o depois. E o papel amarrotado anotado com a quase sempre caprichada letra feminina indicando o seu telefone é um troféu. *Commodity*. A missão estava cumprida quando eu chegava em casa com um troféu amarrotado no bolso. E sempre o guardava com outros papéis, mas, às vezes, esquecia de quem era, e aparecia um guardanapo anotado o telefone de uma Meire de quem eu já não me lembrava, e um profissional seria mais cauteloso, faria um caderno com nomes, números e descrições ou códigos para esclarecer Meires esquecidas. Eu preferia a baderna, jogar com o acaso, e o máximo que tinha era uma lista dos alvos da semana, as quase certas, com as quais podia rolar. Era um jogo. Não, um galinha não é um tarado. É um curioso, um apostador. Que vício...

Malu não me quer mais. Acho que está tendo um caso naquela merda do Rio de Janeiro. Atualmente ela me beija como se beijasse um parente, não reclama das minhas birras, some, anda azulada com o hidratante da moda, preocupada com a aparência. Nas duas últimas vezes em que trepamos, que merda, pediu para apagar a luz, e quando uma mulher pede para apagar a luz é para trepar pensando em outro. Ela se esquece de que conheço todos os truques. Ou se lembra e faz questão de dar sinais de que está noutra, o que me tortura, porque eu imaginava que nenhuma mulher iria... Me pergunto como se construiu a minha decadência.

Leblon. A bicicleta de ponta-cabeça. Malu encaixou a corrente na engrenagem com uma habilidade que eu não tinha.

"Você é carioca?"

"Sou, paulista", falou com aquele sotaque arrastado, paulishta, paulishshta.

"Sabia que carioca é folgado porque a cidade é apertada?"

"E que a paulista se veste melhor, mas a carioca não se veste?", respondeu com outra piada.

Rimos. Ri e observei o sorriso de uma mulher que também gosta de uma ironia. São as que mais mexem comigo. Nossos olhos se contemplaram de outra maneira. Humor. Tínhamos. Viver sem humor é uma merda. Rolou.

"Posso pagar uma água de coco?"

"Estou atrasada para a terapia."

"Você vai à terapia de bicicleta?"

"Por que não?"

"Deve chegar cansada."

"E o divã? Se estiver cansada, tiro uma soneca. A gente se vê, paulista."

E foi assim que me apaixonei. Alguém indo à terapia de bicicleta pela orla, margeando a praia, olhando o visual, desviando de paulishtash desavisados. O que ela vai dizer na terapia? Estava linda a praia hoje, o mar, verde, ventava, quioshquesh, todos de *shorts*. Que tipo de problema ela tem? Passear por aquela orla já não cura depressões, ansiedades, psicoses, esquizofrenias, pânicos, distúrbios, manias, vícios, traumas, histerias?

Tomei a minha água de coco. Terapia. Vou esperar. Ela vai voltar. Eu preciso saber mais. E rir. Mais uma água de coco. Olhei o relógio. Em 60 minutos ela volta. Se lacaniana, volta antes. E apareço após o seu ponto crítico, e ela toma uma água de coco comigo, porque ela tem que tomar, porque ela ri. Tem divã em

Lacan? Esperei, esperei, deu 60 minutos, nada de Lacan. Deu 70 minutos, deve ser por agora. Deu 80. Deu 90. Cadê? Voltou por outro caminho? Foi internada numa clínica?

Deu três horas, ela não apareceu, Deus jogando comigo, ou é assim, e deixa estar, ou ir atrás? Quase sem ar: o desespero de um conquistador. Colombo diante de uma ilha sem poder desembarcar depois de meses no mar.

Olhe na varanda. Entro no apê. A TV ligada. Eu? Fingindo que o que mais me atormenta é decidir o que fazer com meus LPs, e quais devem ser transformados em CDs. Led Zeppelin. "All my love..." Estão em LP. Agora, apenas com um fone de ouvido e Led Zeppelin no talo: única forma de me esquecer da cidade, do bairro, da minha mulher me traindo no Rio. Ela sempre me chama para eu indicar se já ficou tempo suficiente no sol, e se o azul está bom. Ela me chama sempre, especialmente quando eu não estou escutando.

"All my love..."

Malu, esta mulher que conheci rindo, esta mulher que agora quer ficar anil, me odeia. Muitas mulheres me odeiam. Sou (fui?) aquilo que a maioria abomina: um galinha. Tentaram me consertar. Uma mulher quer sempre consertar um cara. É para implicarmos com elas que nunca cedemos. É para deixá-las infelizes, impotentes. Sabemos os truques, todos, de como atormentar uma mulher, todas.
Já dei prazer a tantas. A mais velhas, mais novas, bem mais velhas e bem mais novas. Será que dei ou só arranquei? Não sei se mudei a vida de alguém. Já comi japonesa, coreana e chinesa, negra, índia e mulata, judia, católica e crente, comu-

nistas, anarquistas e neoliberais, dançarinas, atrizes e modelos, advogada, fisioterapeuta e decoradora, inteligentes, burras e obscuras, sorridentes, melancólicas e deprimidas, casadas, solteiras e separadas, vacas, românticas e puras, sinceras, mentirosas e vagas, viciadas, limpas e ansiosas, amigas, inimigas e simpatizantes, vesgas, pontudas e caídas, silicones, botox e lipos, magras, gordas e malhadas, finas, curtas e densas, calmas, apressadas e frias, solidárias, egocêntricas e narcisas.

Como Marco Polo, conheci o outro lado do mundo. Foi a fase "se oriente rapaz". Um galinha tem de experimentar os quatro cantos do planeta, o Norte e o Sul, o Oriente e o Ocidente, se não, não é um galinha.

Como Jurema, coreana, quer dizer, nasceu em São Paulo, mas seus pais eram, vieram pra cá nos anos 60, como a maioria dos coreanos. Me disseram: as pequenas coreanas são mais ligadas no Oriente do que as japas, cujos avós já estão no Brasil há 100 anos. Jurema era bem diferente da maioria das que conheci. Mais pálida, mais vaidosa, mais magra e menor, frágil. Muitas coreanas costumam fazer plástica, operar os olhos, Jurema me contou, aceitam a condição de inferioridade, uma doença no Oriente, educadas à submissão, treinadas para executar o papel de boa esposa boa de cama. Bem, havia um entrave na nossa curta história. Eu nunca seria aceito por sua família. Se vivêssemos uma história longa, teria um fim shakespeariano. Já com Simone, uma japa, tudo diferente. Produtora de TV, fanática por sitcoms — conhecia todos, sabia quais eram os bons, quais faziam sucesso, quais não resistiram à primeira temporada. Amava TV. Era uma japa charmosa, pele escura, abrasileirada até o talo. Chegou bêbada com uns amigos na lanchonete. Chegou, sentou-se à minha frente, me olhou, sorriu, e em breve estávamos mais bêbados. Começamos a nos beijar ali mesmo, sobre o balcão, entre mostarda e ketchup, saleiros e paliteiros. E chopes. Não esperamos a sobremesa. Fomos para sua casa. Dirigiu bêbada, mas com uma precisão oriental. Trepamos nesta noite. Com a TV ligada. E em outras. Com a TV sempre ligada. Chegava a interromper, para assistir àquele comercial bacana. Queria se casar comigo. E ficar comigo assistindo à TV até envelhecermos. Eu tinha mais o que fazer. Nana, uma chinesa branca, alta, com um rosto grande, era cantora de ópera. Soprano. Vestia-se como uma personagem de ópera, andava com as pernas coladinhas, em passinhos curtos. Bem, este povo é difícil de situar. Vieram pra cá quando, antes da Longa Marcha de Mao? Estavam no meio, entre a imigração coreana e japonesa, e não se davam bem com eles. Muitos vieram também depois. Chineses correm pelo mundo. Muitos se sentem superiores; o berço da civilização oriental. E não se orientam por nenhuma doutrina. Nana era quieta, concentrada, sorridente. Parecia sempre feliz. Se eu xingasse, coisa que nunca fiz, ela riria. Se eu a espetasse, ela se levantaria sorrindo. Que companhia estranha. Uma sombra. Aonde eu ia, ela ia, se eu parava, ela parava, se eu ia pra cama, ela ia, se eu tirava a roupa, ela me imitava, quando eu me deitava, ela fazia o mesmo. Sorrindo, sem abrir a boca. Nana era a mulher mais pacífica e passiva do Ocidente. Mas, quando estava para gozar, ela se transformava, finalmente parecia ter voz, gosto próprio, atitude, fechava os olhos e lançava um agudo de quebrar cristais, um silvo longo, ensurdecedor. Claro, a vizinhança reclamou, fui chamado a uma reunião do condomínio, me acusaram de fazer muito barulho às madrugadas, e olha que eu quase não ouvia música, passava as noites fora de casa. Era Nana quem abalava a tranquilidade condominial. Começamos a dormir em hotéis. Com a intimidade, Nana se soltava, e seu grito era cada vez mais forte. Minha audição ia pras picas.

Nana me lembrava de Tânia. Outra cantora. De samba-*rock*. Que demorava horas para gozar. Horas. Eu fazia de tudo. Gozava duas, três, e ela, no final, quando eu estava para ter um derrame, começava, e era um gritinho espaçado, era terrível, como um bebê chorando, ou brincando, ou reclamando. Deprimente.

Nunca conheci ninguém de Taiwan. Não apareceram por aqui.

Eu sou (era?) o maior entendedor, companheiro e parceiro das mulheres da cidade. Um comedor. Mas uma, Malu, pelo jeito decidiu me abandonar. Justamente a única com quem me casei. Talvez eu tenha feito muita mulher sofrer, e toda a dor que sentiram se junta numa só, contra mim. Não sofro. É muito maior do que isso. Pior. Meu mundo desabou. Elas se vingam, todas. E não tenho certeza de nada.

Durante minhas férias, atravessava aquela ciclovia, Leblon, naquele horário, o da terapia, com a esperança de ser quase novamente atropelado por aquela carioca a caminho do divã. Horas no quioshque, águas de coco, e minhas tardes se resumiram nisso, esperando, objetivo acidentalmente estabelecido no primeiro dia, férias que tirei para fugir temporariamente de mulheres amarguradas.
Mas Deus não brinca comigo, e deu no que deu, uma semana depois, mesma hora, vi, era ela, Malu, novamente despojada, sorrindo para o dia bonito, de bicicleta, a caminho da terapia, pela orla, sol e mar verde, e não fiz outra coisa, arrisquei a minha vida, parei no meio do seu caminho, a ciclovia, abri os braços e pernas para impedir a sua passagem e fechei os olhos. Era ela?

Só existe uma coisa melhor do que Led Zeppelin. Jimi Hendrix. Muitas vezes eu os comparo, alterno. Em ambos, tanto tormento, beleza, fúria e leveza se sucedendo.

Comi a viúva do meu contador. Ele morrera num enfarte, deixando para os vivos uma viúva jovem ainda. Uma vida pela frente. Tocou o escritório de contabilidade herdado com mais competência. Não parecia infeliz. Estranho. Que força... Mulher provocante, vaidosa. Me deu mole. Fomos pra cama quatro meses depois da morte do marido. Me senti prestando um serviço, aliviando um luto, indicando que a vida continua. Mulher pra lá de atraente, que gostava de mim, se sentia bem comigo. E, na cama, durante o ato, éramos dois adolescentes saindo da casca. Mas, depois, ela chorava, ela sempre chorava, e confessava ter saudades dele. Era triste. Há dor também no sexo. Há de tudo.

Horrível deixar de se encontrar com uma mulher devido ao timbre aflitivo de seu orgasmo. É triste, mas um galinha é assim: ante o primeiro estorvo, parte pra outra. Um galinha resiste a três, quatro, cinco encontros. No quinto, os defeitos viram deformidades agudas. E, quando a dor é exposta, ele se despede. Certa vez, tomei bode de uma mulher porque ela espirrava sem colocar a mão no nariz. E seus germes se espalhavam pelo mundo. Desgraçados! Um galinha não perde tempo. Se não há perfeição, ele continua a busca. Como não há, ele não para. Há uma crueldade neste estilo de vida: nunca se inteira com alguém, vive-se na vitrine das primeiras impressões, e, quando o que incomoda surge do nada, fim. E tudo incomoda um ser impaciente. Galinhando não se constrói nada. Só há amor quando o erro é acerto.

Ouvi a bicicleta ranger enferrujada, brecando aos poucos, até parar na ciclovia. Ela estava diante de mim, acreditei.

"Oi, paulista."

Oi, paulishshta.

Abri os olhos. Ela, Malu, sorria. O dia não cabia em si. Senti no ar que era o dia que mudaria a minha vida. E mudou. Ela largou a terapia. Nos casamos meses depois. Eu a trouxe para São Paulo. Se deu bem com os meus poucos amigos. Se deu bem na nova cidade. Arrumou emprego fácil. Já tinha morado em Nova York. São Paulo é uma Nova York piorada, suja e pobre. Quem morou em Nova York mora em São Paulo. E ela, Malu, amou a minha cidade. E nos alimentamos de um amor invejável. Até...

Este é o balanço da minha vida. É preciso. Balanço que começa nos meus 16 anos, numa rua cheia de putas, ali perto da Augusta, onde meu avô tocava uma pequena firma de importação em que eu trabalhava de *boy* enquanto estudava. As putas, na calçada. Uma porra de uma calçada em que até uma ratazana maior do que um gato fazia ponto. Uma puta de uma ratazana puta que provavelmente também se vendia para as porras dos ratos que apareciam do bueiro.

Nada disso. Começo o meu balanço nos meus dez anos.

Bem. Hendrix é mais alegre. Aparentemente. Procure emendar "All Along the Watchower" com "Kashmir". Sabe, "Kashmir", de Physical Graffiti?

Aos dez anos, havia uma empregada, Marilda, jovem, assistente da cozinheira, que brincava comigo como se também tivesse meus dez. Sou o caçula. Nesta idade, tem-se mais afinidades com a empregada brincalhona do que com os da família. Nesta idade, passamos muito tempo em quartos de empregada, escutando músicas românticas em radinhos que só pegam AM, envolvidos pelo cheiro de perfume barato e ofuscados pela poluição visual de pôsteres de gente do mundo artístico e esmaltes coloridos, não? Neste quarto em que eu passei parte da minha infância, ouvi histórias de paixão pelo motorista seu Roberto, pelo ator Fábio Júnior, pelo cantor Jessé, pelo caubói do anúncio de Marlboro. E tinha de ver e rever os muitos vestidos com que Marilda gastava seus dois--mínimos-mais-condução. Eventualmente a troca era afobada, e seus peitos explodiam pra fora, peitos enormes, como tudo é enorme quando se tem dez anos. Grandes e jovens, brancos e ovais. Também não sei por quê, era sempre depois de seu banho que eu estava lá. E Marilda na minha memória tem cheiro de banho.

Este motorista seu Roberto era um tipo profissional de uniforme, era o do vizinho, era gente boa comigo, me protegia dos vândalos da rua, me fazia pipas, me levava ao Pacaembu, e, quando eu não estava no quarto com as empregadas, estava no vizinho. A paixão de Marilda por ele não era correspondida. Seu Roberto tinha noiva. A paixão de Marilda por ele era como pelos outros, pelo ator, o cantor, era impossível, distante. Roberto era um ídolo pra ela e pra mim. Era o artista da gentileza, em seu figurino terno escuro e camisa branca. Se usasse quepe, seria meu mártir.

Seu Roberto namorava a sua noiva encostado no lado de fora do muro da minha casa. E, do lado de dentro, ficávamos Marilda e eu, de tocaia, sentados no gramado, escutando como um casal namora, o que diz, o que geme, o que deixa de dizer, o que reclama, o que mente, o que conflita, o que acorda, o que clama e sussurra. E era quando ficavam calados que Marilda se deitava na grama, e eu me deitava a seu lado, e ela brincava que era eu o seu amado seu Roberto e sussurrava no meu ouvido "ai, Roberto, você é tão bom, está tão bom", e tal brincadeira exigia minha atuação, eu passava a ser seu Roberto, enquanto o verdadeiro estava nos amassos com a noiva do outro lado do muro.

E, num desses dias, "ai, Roberto, me abraça", abracei Marilda, meu corpo era a metade do dela, e fiquei me equilibrando sobre ela, ela passou a mão nas minhas costas, "Roberto, te amo...", e ela segurou a minha cabeça e disse "beija, beija...", e beijei o que tinha pela frente, com a cabeça sendo esmagada, "Roberto, está tão bom...", e eu passava as mãos e beijava e mordia, "ai, não morde assim..", e eu não mordia assim e só beijava, "bem devagar", e eu beijava bem devagar, "agora mais forte", e eu, mais forte, "você sabe tudo, Roberto", e eu não sabia de nada. As primeiras lições. Ficou tarde, e dormi com a cabeça encaixada entre aqueles dois travesseiros redondos e macios. Bem, não era eu ali, era um Roberto ilusório, mas era eu ali.

Eu queria Marilda tanto quanto ela queria Roberto. Minha vida, aos dez, era um enredo de fotonovela. Queria dormir com ela, tomar banho com ela, jantar com ela, ouvir música, mas sempre me exilavam da ala dos empregados quando a noite apertava.

A desgraça caiu como num melodrama. Meu pai faliu naquele ano. Não deu mais para pagar duas empregadas. Sobrou pra Marilda. Empacotou as suas coisas. Eu, as minhas. Na hora da partida, com as lágrimas borrando a sua pesada maquiagem, eu contei minha decisão: iria com ela. Meus irmãos me seguraram para eu não entrar no táxi com ela. Me desesperei quando ele dobrou a esquina levando embora o meu amor. E fugi de casa naquela noite. Fui dormir na garagem do vizinho, pretendendo, com seu Roberto, resgatá-la na manhã seguinte.

Dormi num canto. E fui acordado por ele, cercado pela minha família. Minha mãe, aos prantos, me deu pena. Me resignei. Apanhei dos meus irmãos. E dormia sempre com saudades de Marilda.

Seu Roberto morreu atropelado naquele ano. Foi atropelado por um fusca. Nem sei se Marilda soube disso. Nem imagino onde ela esteja agora. E assim começou a minha vida.

Nos mudamos para um apê menor na rua Frei Caneca. Meus irmãos foram trabalhar. Minha mãe se deprimiu. Meu pai sumiu. Foi embora. Envergonhado. Foi morar em Jundiaí. Logo ali. Mas foi como se tivesse ido morar no polo sul, porque perdemos contato. Uma diáspora. Minha família implodiu.

Você não conhece Malu. É na dela, segura. Nunca brigamos. Nunca discutimos. Nunca discordamos. Nunca pude imaginar que... Foi assim, juro que foi sem querer. Malu tinha o seu canto da casa, seus livros, seus papéis, seu computador, um canto em que eu não me metia, mas um livro meu foi parar lá, e quando fui pegá-lo caiu outro livro, e dele caiu um papel dobrado digitado, um papel sem rasuras, formal como um contrato. Peguei, achando que era parte do meu arquivo, desdobrei. Li, curioso, reler algumas das cartas do meu passado. Uma carta de amor. O estilo não era o meu. Era o de um homem apaixonado. Paixão impossível. Narrava um encontro num quarto e um banho de piscina. Quartos com piscinas existem num só lugar, você sabe, num motel, e você sabe o que um casal faz num motel.
Gelei quando percebi o teor daquele documento. Era uma carta de um homem para a minha mulher, guardada dobrada em sua estante, no seu canto da casa, dentro de um livro

estranho que derrubei sem querer, como se alguém tivesse me feito derrubar, como se alguém tivesse me enviado um sinal, e quando você acha que sabe de tudo cai no colo uma lição nova. Gelei, pois a carta estava solta, mas escondida, o que dava a ela importância e descaso. Deixada recentemente? Deixada displicentemente para ser lida? Olhar a data. Junho, um mês marcante. Junho daquele ano. Ano em que, em junho, comemoramos quatro anos de casados. Aquela carta foi escrita no aniversário do quarto ano do nosso casamento. Quatro. Malu esteve num quarto de motel com um homem apaixonado. Eu não a traíra até então. Nunca. Quatro anos, que imensa paixão, que vivi pra ela, que mexeram comigo, balançaram meus planos traçados, e vivi feliz, amando Malu, não a traí, como fiz com dezenas de outras, fui orgulhosamente resistente e fiel, porque Malu era tudo o que eu queria, mas ela...

Malu, num motel, com um homem, quem? Não havia nome. Não havia descrição. Li a carta com as mãos trêmulas, temendo ser pego num flagra, sabendo que Malu estava, como sempre, ultimamente, no Rio, e que ninguém entraria, mas senti que as paredes me olhavam. Eu roubava um segredo. Era preciso.
Uma frustração, no autor da carta. Narrava algo como "tento, mas você se afasta, te abraço, você quer, mas depois se afasta, te quero, você quer, mas depois se afasta, e nem o azul-piscina escondia como você é, a coisa mais maravilhosa que já vi, e quanto mais eu tentava, mais você fugia, até...".

Até?! Até o quê?! Até, e reticências?!

Quanto mais ele tentava, ela se afastava. E que carta piegas era aquela? Eu conheço Malu. Lendo aquilo? Talvez tenha ficado orgulhosa, pois quem não fica sabendo que há alguém apaixonado assim, mas deve ter se aborrecido. Que estilinho vulgar... E talvez nem tenha dado pro cara. Mas se afastado da espada erguida, como uma pacifista que põe flores num fuzil. E que porra se esconde nessas reticências?! Até a camareira trazer a comida? Até expirar a diária do motel? Até o telefone tocar? Até você olhar pro relógio? Até você o quê, ceder?! Há algo neste modo reticente, Malu era atraente, muito atraente, e estar casada não impedia o olhar guloso dos meus concorrentes, a aliança em seu dedo até talvez estimulasse, é um mundo darwinista, há concorrência constante, e os mais fortes levam as presas, e elas querem os mais fortes. É a contradição de um casamento: contratos são escritos, pois há ameaça pairando. Malu estaria no Rio agora com este amante piegas? Cedeu? Banha-se na piscina com o corpo de um homem que é só dela? É ele? É outro? É quem? É alguém?

Preciso te contar tudo. O começo de tudo. Preciso me lembrar. Tudo faz sentido. Aconteceu, porque tinha de. É esta a colheita, porque plantei. Como começou?

Nos meus 14 anos, minha família arruinada. Já no prédio barato na Frei Caneca, e restaram a ajuda da filha do zelador, uma menina de uns 20 anos, mineira, que lavava e passava as roupas e eventualmente uma faxina às sextas, e uma casa vazia, já que todos trabalhavam. Eu, o caçula, agora com 14 anos, numa tarde de sexta-feira, com esta moça de quem não me lembro o nome, nem tão moça assim, que era mulher muito mais velha do que eu. Em casa, eu estudava. E minha mesa era na sala. Ela cismava em encerar os móveis enquanto eu fingia que estudava. Para quem tem 14 anos, uma mulher esfregando a flanela com lustra-móveis é a imagem mais primorosa do mundo, porque o movimento dos braços se expande, mexe o tronco, mexem os quadris, e ela prestava este serviço sorrindo pra mim. Para quem tem 14 anos, um leve sorriso feminino é a senha para o infinito. Quem tem 14 anos não tem vocabulário para adiar, age num impulso, tudo incontrolável, um tigre se jogando sobre sua caça, ignorando a retaliação. Não deu outra. Não sabia o que aquela flanela, aquele sorriso e aqueles quadris indicavam, só sei que me joguei sobre ela como um canibal, mudo, em transe, e me agarrei naquele corpo como se estivesse afundando numa areia movediça, me juntei a ele como se estivesse epilético, e antes que a cristaleira desabasse fui arrastando a minha presa para o meu quarto, trancado nela, tremendo, esfregando, apertando, ela de costas, nem dizia "calma", nem assustada, porque, então, sim, tudo aquilo queria dizer algo, sim, ela me provocara, sim, ela esperava pelo bote, só não esperava que fosse tão rápido, não esperava que, assim que eu a jogasse na cama, eu gozasse como uma batida de porta, ainda vestido, ainda grudado em seu tronco, ainda nas suas costas, antes que alguém chegasse. E curti sozinho a depressão que caiu. Foi assim que perdi a virgindade. Quer dizer...

Passei a semana no colégio me achando o homem mais vivido de todos. Um homem de calças curtas, mas um sorriso... Porém, eu sabia, nada tinha acontecido, se bem que, aos 14 anos, o que aconteceu foi tanto. E temi pela próxima sexta. E se ela não aparecer? E se ela não aparecer, e minha mãe, intrigada, for investigar a razão? E se ela não aparecer, e o zelador, zeloso, for dar a explicação? E se ela não aparecer, e meus quatro irmãos mais velhos, instigados, descobrirem o porquê? Morávamos no décimo andar. Não restaria nada de mim se me atirassem pela janela. Não dormi naquela semana. O homem mais especial de todos tinha a sua vida em perigo. Era um homem morto.

Sexta. Voltei do colégio, e ela estava lá, passando roupa, era assim a sua rotina, lavar e passar, faxina na casa e lustra-móveis no final. Ser agarrada pelo menino da casa não estava na sua agenda. Entrei pela sala como se nada tivesse acontecido uma semana antes. Entrei sem dar boa-tarde. Entrei e fui direto para o quarto. Joguei minha mochila com força, para ela saber que eu estava lá. Não falei com ela, não para me fazer de difícil, mas porque eu não saberia o que dizer. No quarto, meu coração, uma turbina. Eu queria de novo. Tentava planejar algo, pensar num momento, num cômodo, interrompendo um de seus afazeres, mas que estratégia? Meu corpo só queria uma coisa, sair daquele quarto e pular sobre ela, onde estivesse, como estivesse, e se fosse na tábua de passar, que aguentasse o meu (nosso) peso.
É isso aí, lá vou eu, o tigre, acabar com isso logo, vou dominá-la. Abri a porta do quarto e parei no corredor. Entrei no banheiro, liguei o chuveiro e esfriei a cabeça. Meu pau estava tão duro que se uma gota de água caísse nele eu gozaria. Só lavei os cabelos, torto, evitando que a água escorresse. Escovei os dentes, penteei o cabelo, me olhei no espelho, me preocupei: minha vida inteira será assim?
Abri a porta, e ela estava parada diante de mim, sem flanela, rodo, esfregão, me esperando? Por um instante parados, nenhuma reação. Surpreendentemente, meu pau abaixou. Susto. Nenhuma expressão em seu rosto. Nem um leve sorriso. Uma estátua de cera. Entendi. Minha primeira lição. Quem quer muito tem de dar sinais a quem está em dúvida ou inseguro. Ela não faria nada até o meu primeiro gesto. E ela faria tudo, depois da porteira aberta. Meu primeiro gesto foi de uma ob-

viedade sem tamanho. Coloquei a mão no seu peito. Ficamos parados. Era como se eu tivesse colocado a mão numa lâmpada quente. Tirou a mão e entrou no meu quarto. Demorei para me tocar que eu deveria fazer o mesmo. Ela se sentou na cama. Me sentei ao seu lado. Coloquei de novo a mão no seu peito. Tirou a camisa. O pau reagiu, pulei em cima, tremendo como um desesperado. Ela falou, finalmente falou:
"Calma. Vai com calma. Tira a minha calça. Isso. Não amassa ela. Dobra. Isso. Coloca ela ali. Vem. Passa a mão em mim. Devagar. Ainda não. Passa nas pernas. Aqui na coxa. Mais leve. Com carinho. Me lambe a barriga. Devagar. Isso, que gostoso. Deixa suas mãos aqui no meu peito. Passa o dedinho no mamilo. Só de levinho. Isso. Beija aqui o meu pescoço. Isso. A língua aqui. Na orelha agora. De levinho. Cheira o meu corpo. Vai. Até lá embaixo. Isso. Fica cheirando. Pode encostar o nariz. Mexe o narizinho agora. Isso, que gostoso. Tira a calcinha. Devagarinho. Assim não. Deixa eu te ajudar. Puxa aqui. Pode jogar ela, não precisa dobrar. Coloca o narizinho de novo. Isso. Cheira. Isso. Lambe devagarinho. Mais em cima. Aí, aí. Ai, gostoso, lambe, gostoso. Vem aqui. Sobe aqui. Assim, me beija. Coloca. Mais em cima. Aí dói. Espera. Deixa eu te ajudar. Assim. Tá sentindo? Aí, entra. Devagar. Ai, aí. Ai... Vai. Isso. Vai. Devagar. Calma. Ainda não. Me beija. Assim não. Mexe a língua pra direita e pra esquerda. Mas não para. Como você é gostoso. Vou colocar as pernas nas suas costas, mas não tira. Isso. Segura minhas pernas. Assim. Não para. Ai, ai, ai, ai, ai, ai, me beija."

Descobri que a vida é desesperada, mas vale a pena.

Ela não apareceu na outra sexta. Nem na outra. Nunca mais. Minha mãe reclamou: "Cadê aquela moleca?!". O zelador informou: ela quis voltar pra Minas. Minha vida era uma desgraça. Sempre obrigado a esquecer.

Eu, de olhos fechados e braços abertos, na ciclovia do Leblon. A bicicleta de Malu rangeu até parar. Ela disse:
"E aí, paulista."
E aí, paulishshta. Parada, com um pé apoiando, sorrindo.
"Você ainda vai morrer se continuar."
Si continuarrrr. Continuar a minha vida? Vi um filme do futuro, me casando com ela, para sempre com ela, só com ela, na alegria e na cagada, na riqueza e na lama, na saúde e na merda. Eu pedi, entre desesperado e quem diz a coisa mais óbvia da orla.
"Toma um coco comigo."
Olhou o relógio, sim, a terapia, a maldita terapia, a bendita terapia que a fez cruzar o meu caminho. Uma cara como quem diz, sim, tenho alguns minutos. Algunsh minutosh... Saiu da bicicleta, caminhou empurrando até o quioshshque. Doish cocosh geladosh. Valeu. Carioca não diz obrigado. Diz: "Valeu". Numa mesa de pláshtico. Num fim de tarde. Surfishtas no mar. Brisa.
O tempo passando. Não olhou mais o relógio. Perdia a sua terapia, mas não tocava no assunto. Como se, depois daquele encontro, não precisasse mais, pensei, pretensiosamente. Eshcurecia. Muitosh jovensh, velhosh, babásh com criançash, eshportistash e desocupadosh ocuparam a orrrla. E nósh papeando, no meiiishmo lugarrr, com doish cocosh vaziosh à frente.
Escurecia. A orla voltava a ficar vazia. Apenas o homem do coco. Não parávamos de falar. Escureceu. Ele recolheu as mesas. Ficamos em pé, desta vez em silêncio. Muito tempo em silêncio, olhando a escuridão.
No outro minuto, atravessamos a Delfim Moreira. Eu leva-

va a sua bicicleta. Entramos no *hall* do Marina, me lembrei, hotel em que eu estava hospedado. Subimos até o meu quarto. Abri as janelas. Era como se o mar estivesse para entrar. Ela se sentou na cama. Me sentei ao seu lado. Coloquei a mão no seu peito. Ela tirou a camisa. Fui com calma. Tirei a sua calça. Isso. Não a amassei. Dobrei. Isso. Passei a mão nela. Devagar. Passei nas pernas. Ali na coxa. Mais leve. Com carinho. Lambi a barriga. Devagar. Deixei minhas mãos no seu peito. Passei o dedinho no mamilo. Só de levinho. Isso. Beijei seu pescoço. A língua na orelha agora. De levinho. Cheirei seu corpo. Até lá embaixo. Fiquei cheirando. Encostei o nariz. Mexi o nariz. Tirei a calcinha. Devagarinho. Joguei. Não precisei dobrá-la. Coloquei o nariz de novo. Cheirei. Lambi devagarinho. Mais em cima. Ia subir nela, quando ela me empurrou e subiu em cima de mim. Abriu as pernas, se encaixou, e foi assim.

É, ela deu na primeira noite, e muitos acham que quando isso acontece o canteiro não dá flores. Nada disso. Tanto que estou com Malu até hoje. Quer dizer...

Sexo com Malu sempre foi algo diferente do que eu estava acostumado. Não sei explicar. Por que uma trepada é inesquecível e outra dispensável? Beijar a mão de Malu me emociona. Olhar as suas pernas me emociona. Tocar os seus lábios me emociona. Dar um beijo de leve, passar a mão nos seus cabelos, vê-la andar, se vestir, sorrir, vê-la com a boca no meu pau, com a mão nele, com o corpo sobre ele ou olhando pra ele me emocionam. E quase foi assim desde a primeira vez. E mais. Ela me ensinou a tocar, lamber, até a beijar, do seu jeito, do jeito que gostava, enquanto eu me imaginava um mestre na arte de. Me ensinou a passar a mão, a escorrer os dedos, a observar as nuances, quando eu pensava que sabia de tudo. E ela fazia algo que eu nunca tinha visto numa mulher. Ela gozava sem eu encostar a mão e sem ela se encostar. Ela conseguia gozar apenas me olhando, olhando o meu pau duro a centímetros de seu corpo. Eu ficava sentado, ela se sentava à minha frente. Ambos, nus. Sentia-se o calor trocado, a respiração, a umidade, mas não havia carne se explorando. Ela ficava assim uns minutos, olhando pra mim. Não havia música, havia pouca luz. Não havia bebida ou droga. Lucidez, serenidade. E, de repente, ela ia se inclinando na cadeira, abrindo as pernas, jogando a cabeça pra trás, sem desgrudar os olhos de mim, sem se tocar, até gozar. Já aconteceu com você? Como ela fazia isso?

A maioria das mulheres gosta de ver que um homem, o homem que ela quer, fica de pau duro por sua causa. Precisam de um sinal claro de aprovação por aquilo que o homem mais cultua. É como entrar num metrô e não ter em que se apoiar. Precisam daquele mastro, gancho, suporte, estribo, alavanca, lastro, esteio, amparo, sustentáculo. Não precisa ser grande, largo, reto, simétrico, proporcional, ovalado, elíptico, lubrificado. Precisa estar limpo. E duro, muito duro, como se suas bolsas se sustentassem nele. E, quanto mais duro, mais elas acreditam que são amadas. Como se o amor de um homem fosse medido pela capacidade de preencher com sangue tecidos cavernosos e cavidades. Bem, isso era no que eu acreditava. Mas agora não sei de mais nada. Minhas teorias foram colocadas em xeque. Como se um jovem cientista negasse ou provasse os erros da velha ciência. Uma jovem cientista, digo. Malu.

"Tento, mas você se afasta, te abraço, você quer, mas depois se afasta, te quero, você quer, mas depois se afasta, e nem o azul-piscina escondia como você é, a coisa mais maravilhosa que já vi, e quanto mais eu tentava, mais você fugia, até..."

Até o quê, porra?!

Que filho da puta! Ele tenta, ela se afasta, ele quer, ela quer. Ela fugiu. Resistiu por quanto tempo? Resistiu? Malu gosta de elogios. Todas gostam. Claro que gostou de saber que é a coisa mais maravilhosa que o missivista já viu. O filho da puta! Por que ele tinha de aparecer? Um sinal. Um sinal de que eu preciso me dedicar mais. Mas como, se ela agora não sai do Rio de Janeiro? Eu devia ir um dia. Aparecer de surpresa. Coloco um detetive? Sim, é uma ideia. Um cara que fotografe seus passos, escute suas conversas telefônicas, grave para mim e me faça um relatório, um sujeito provavelmente ex-tira, com palito nos dentes, um bigode seboso, um terno com caspas, um cabelo nojento, talvez peruca, que fuma Derby, bebe Dreher, admira pagode, com um ar superior de quem sabe mais do que todos, mais do que o próprio marido:
"É, doutor, o gato subiu no telhado, suas suspeitas se comprovaram."
Ou será:
"É, corno, um gato subiu na sua mulher, suas suspeitas, chifrudo de merda, se comprovaram."
Não, eu não posso deixar um tipo desse vigiar a coisa mais linda que alguns já viram, fotografar suas intimidades, escutar e gravar aquela voz. Pau no cu deste detetive filho da puta!

Guardei a carta durante um tempo na minha gaveta. Perfeitamente dobrada. E diariamente eu a via, não lia, nem precisava, sabia de cor. Depois, devolvi a carta, recoloquei-a dentro do livro de onde ela fora vomitada, um livro que não era meu. Não era um lançamento. Era desses que se vendem em bancas, capa dura. Estava amarelado. Clássicos da Literatura Universal. Flaubert. *Madame Bovary*. Dá pra acreditar?

Ela mesma, *Madame* Bovary, aquela putinha francesa filha da puta que coloca chifre no coitado do marido trabalhador, que atormenta a vida do corno com sonhos fúteis de mulher que não vale nada, interesseira, que não se satisfaz com a vida razoável que o coitado proporciona, quer mais, quer glamour, quer zoar em baladas do povo rico, quer poder, quer dar aquela boceta suja para o primeiro babaca que passar pela frente, ela que sonha viver na Paris cheia de putaria, que passa o dia inútil contando ervilhas e lendo revistas de fofoca da época, enquanto o marido dava duro, viajava para atender os doentes, pegava chuva e frio, enquanto a piranha, cobra, cachorra, vaca, galinha, sem-vergonha e ordinária, escrota, nojenta, puta, vagaba, insensível, egoísta e cretina colhia flores no jardim. É o fim. Sim, doutor Bovary, me identifico com o senhor neste momento particular da minha vida. E por isso guardo a carta no livro que narra a sua aflição, recoloco-o na estante na qual nunca deveria ter entrado. E vou viver o meu pesadelo como o senhor: só e calado.

Mas uma coisa nos difere, doutor Bovary. Eu mereço.

A maioria das mulheres sabe quando um homem trai. Diz ter poderes para isso, algo relacionado à obscura intuição feminina. Diz que deixamos muitas pistas. Que somos desligados. Desorganizados. Desatentos. Não se fala em intuição masculina, mas o homem também sabe quando sua mulher trai. Só que a mulher sabe mentir como ninguém. E o homem quer acreditar. Prefere a versão dela a acreditar no pior, porque se acha superior, o melhor, o mais preparado. E não sabe quando a outra mente. Mas não é regra. Bem, você sabe disso.

Não consigo chamar Malu de filha da puta. Nem de piranha,

cobra, cachorra, vaca, galinha, sem-vergonha, ordinária, escrota, nojenta, puta, vagaba, insensível, egoísta ou cretina.

Meu avô tinha uma pequena firma de importação numa rua perto da Augusta que, com os anos, virou ponto de putas. Meu avô era um sujeito pra lá de insuportável: autoritário, ranzinza. Italiano. Provavelmente, fascista reprimido. Não sei como nunca foi preso. A família o evitava. E ele odiava a família, chamava meu pai e meu tio de dementes-cretinos, que se casaram com duas víboras, que só lhe deram netos burros. Não respeitou uma só pessoa na vida, nem a minha avó, morta há tempos, a quem chamava de gorda siciliana inútil. Mas eu gostava dele, apesar de me colocar no mesmo nível de meus irmãos, primos e tios dementes e cretinos. Era muquirana. Mas pagava o meu colégio caro. Para não elevar minha cretinice e demência?
Fui forçado a trabalhar, como todos em casa. Ele era a minha única fonte. Eu tinha 16 anos, estudava de manhã e era seu *boy* às tardes. E escutava. Como ele se fez sozinho, imigrante italiano que chegou à terra prometida de mãos abanando. E como seus dois filhos eram incompetentes para os negócios, de quem ele queria distância. E como aquele bairro se deteriorava, abarrotando-se de mulheres de vida fácil. E por que ele não saía de lá, seu reduto, seu hábito. Eu tirava cópias de documentos, ia a cartórios, distribuía correspondência, ia ao banco, ganhava pouco, mas o suficiente para gastar naquela mesma rua caso fosse o caso, com aquelas mulheres de vida nada fácil que assim que me viam sugeriam:
"Qué metê?"

Eu, 16, tinha uma namorada, Kika, 15, garotinha magrinha mas muito charmosa que atraía uma legião com seu jeitinho misterioso. Kika era virgem. E não devia nada a ninguém: seria assim por muito tempo. Naquela época, o intercurso era adiado a perder de vista. Nem questionei tal contrato social. Estava claro para mim: a namorada, eu namorava, o resto, às putas. Eu, 16, tinha uma namorada virgem e, indo pro trabalho, escutava: "Qué metê?".

Que sufoco.

Kika tinha veneno no sangue. Também. Ficávamos nos amassos apertados. A cada dia, o amasso adquiria um novo componente: uma mão no seu peito; uma mão na sua bunda; um chupão no pescoço; levantar seu vestido; explorar por baixo do vestido; subir com suas pernas abertas; subir com meu pau contra ela. Um dia, fui longe demais: abri a calça, tirei o pau pra fora e pedi:
"Chupa."
"O quê?!"
"Chupa pra mim."
"Você tá louco?!"
"Põe a tua boca nele e chupa, aliás, não chupa, lambe, como um pirulito."
"Para com isso, Luiz!"
"Mas é gostoso."
"Isto é horrível."
"Não é, não."
"Por quê?! Por quê?!"
"Você não é a minha namorada?"
"Vou chamar a mamãe."
"Sua mamãe saiu com o seu papai, para provavelmente fazer o mesmo em paz."
"Sai daqui!"

"Pega nele."
"Sai!"
"É gostoso."
"Vou chamar o meu irmão."
"Ele está lá embaixo, com a namorada, provavelmente pedindo a mesma coisa."
"Grosso."
"Não é tanto assim."
"Porco!"
"Vai, eu te amo, você me ama."
"Eu te odeio!"
"Isso é um gesto de amor."
"Você é nojento."
"Vai. Vai! Estou perdendo a paciência."
Ela se abaixou, colocou a boca no meu pau e, entre uma lambida e outra, repetiu:
"Eu te odeio!"
"Eu te amo."
"Vou contar pra mamãe."
"Você é linda."
"Eu te odeio!"
"Eu te amo."
Kika chupava, chorava e repetia que me odiava e, quando acabou, chorou desesperada, como se estivesse sem ar. Achei que ela ia ter um enfarte. Busquei água com açúcar na cozinha. Ela se trancou e não me deixou assisti-la.

Kika não contou pra sua mãe. Kika padecia de curiosidade. Experimentar o estranho e escondido. A ceninha, óbvio: uma cena, para não ferir sua dignidade, menina-de-boa-família. Quer saber do mais estranho? Ela me deu um pé na bunda fenomenal, me trocando por Cássio, meu colega. Põe estranho

nisso. Trocou, como se muda de camisa, sem remorso, culpa, constrangimento ou um papo sério. Mais uma, para a minha lista de abandonos. Cássio se apaixonou por ela. E virou o meu melhor amigo. Porque virei seu confidente. Dizia que ia se casar com Kika quando ela fizesse 16. Dizia que seus nomes, Cássio e Kika, combinavam. E, segundo ele me contou, e melhores amigos nesta idade contam tudo, ela queria chupar o seu pau todos os dias em todos os lugares, obcecada pela novidade, e quanto mais em público, mais ela implorava: chupou meu amigo num táxi, numa esquina, no banheiro do colégio, na mesa de sinuca, no quarto da mãe. Chupava e repetia: "Eu te odeio!".
Cássio se assustou. Garotos desta idade se assustam à toa. Garotas assustam. E lhe deu um pé na bunda enjoado de tanto boquete. Vai entender...

Garotas assustam. Mulheres assustam. O processo discursivo pelo qual se passa de proposições conhecidas ou assumidas (as premissas) a outra proposição (a conclusão) à qual são atribuídos graus diversos de assentimento, maneira de o dicionário entender um raciocínio, é incompreensível para um homem quando ele é feminino. Com o tempo, nos acostumamos. Continua incompreensível, mas se torna constante.

As putas perguntavam:
"Qué metê?"
Algumas perguntavam:
"Qué fazê nenê?"
Me deprimia a segunda proposta: seria gerar um literal filho da puta, e não estava nos meus planos gerar um; o mundo já é cheio deles. Preferia as que sugeriam carinhosamente, sinceramente, honestamente, glamourosamente, poeticamente:
"Qué metê?"

Nunca meti com elas (ou seria "nelas"?). E passava por elas perto da noite, quando eu largava o trabalho, ligeiramente surpreso porém orgulhoso com tal proposta, me perguntando se queriam "metê" comigo por causa do meu dinheiro ou porque me achavam irresistível. Com tamanha incerteza, voltando pra casa numa segunda-feira, cedi à tentação, quer dizer, aceitei a convocação de uma delas, a mais baixinha, novinha:
"Quero. Tudo bem. Quanto é?"
Ela disse o preço e a o que eu tinha direito. Eu tinha como pagar e achei a negociação justa para ambas as partes. Pegou a minha mão, abriu o portão da casa em frente, e entramos, uma casa térrea comprida com vários ambientes. Suas colegas na sala assistiam à TV. Algumas me cumprimentaram. A maioria ignorou. Entramos por um corredor de muitas portas. Atravessamos toda a casa, saímos por uma porta de fundo, depois da cozinha, e caímos num quintal abandonado. Ao final, um barraco de madeira, como o de uma favela. Era o seu escritório. Lugar agradável, apesar do exterior. Me senti bem dentro dele. Ainda um pouco de luz do sol entrando pelas frestas, raios laranja, muitas almofadas, uma cama aconchegante. Uma pia. Ela abriu o zíper das minhas calças, tirou o meu pau pra fora, encostou-o na pia, abriu a torneira e o lavou com um sabonete barato. Fez isso com uma delicadeza que me comoveu. Era como se lavasse algo importante, algo seu, algo que ela apreciava, tinha carinho. A comoção imediatamente se transformou numa bela ereção, o que a deixou mais satisfeita. Pegou uma toalha ensebada e perguntou o que eu queria fazer. Pedi para lavar de novo. Me encostei melhor na pia. Abriu mais a torneira, untou o meu pau com o sabonete e ficou esfregando com os dedos, com a mão, com a mão fechada em torno dele, com força, com mais força, para cima e para baixo, apertando e soltando, quase esmagando e quase resvalando,

alternando energia e suavidade. Gozei naquela pia, encerrando o encontro negociado, incompleto, sim, mas foi assim, fim.

Na terça, no mesmo horário, na mesma calçada, a mesma menina me convidou para entrar, e entrei, cruzei a mesma sala, as mesmas pessoas me cumprimentaram, e as mesmas me ignoraram. Ainda no corredor, interrompi a caminhada, perguntando se não podia chamar uma amiga para fazermos em três.
Lá fomos nós, eu, a minha proponente e uma amiga, para o barraco no fundo do quintal. Desta vez, meu pau foi lavado por quatro mãos. Era muita mão venerando, e, claro, gozei novamente sem desencostar da pia.

Ainda vieram a quarta, a quinta e a sexta-feira. Colégio de manhã, trabalho com o avô às tardes e uma lavagem completa e troca de óleo no fim do expediente. O ritual, o mesmo. As mãos, não. Todas daquela casa participaram do banho celestial. Às vezes, em quatro mãos, às vezes, em seis. Me tornei objeto de culto, porque uma delas, que tinha dores no rim esquerdo, afirmou que fora curada depois de uma lavagem. A notícia se espalhou. Boatos: diziam que meu pau curava dor de coluna, pedra no rim, era bom para azia e má digestão, debelava ressacas, dava sorte. Meninas de outras casas me perguntavam, quando eu passava por elas:
"Qué lavá?"
Meu pau passou a ser idolatrado naquela rua, como se, esfregando-o numa pia, promessas fossem realizadas. Já não me cobravam pelo serviço. E, se eu passasse a cobrar, elas me pagariam, como um dízimo. Perdi a conta de quantas mãos estiveram nele. Uma paz foi selada numa antes concorrida praça de compra e venda. Rancores foram esquecidos. Meu pau reaproximava as pessoas, sanava antigas desavenças. Só uma coisa não mudava.

Tinha de ser naquele quarto, com aquela luz de fim de tarde entrando pelas frestas, naquela pia. Ele gerava uma ciumeira danada. Cheguei a presenciar discussão entre as putas, que brigavam para ver quem seria a premiada do dia, lutando por uma bênção, pela hóstia consagrada. Quando me enchi daquilo. Eu estava diante da pia. A torneira, aberta. Havia quatro meninas querendo lavá-lo, disputando a honra. Mas, enquanto brigavam pelo sabonete, eu disse, interrompendo a celeuma, o que jamais deveria ser dito por um ícone, com a voz solene d'O Salvador:

"Hoje, não. Hoje, quero metê."

Foi como se eu tivesse revelado uma farsa. Descobriram o charlatão. Todas me desprezaram. Me expulsaram daquele templo. Nunca mais falaram comigo. E negariam três vezes que me conheceram. E, mesmo se eu oferecesse todas as moedas de ouro, não encostariam mais em mim. Fui ignorado a partir de então. E não meti. Não naquela rua.

Eu, 16 anos, no auge, causava uma desgraça à minha corrente sanguínea, ia explodir. Descobri, num outro bairro, uma mulher atenciosa que não me conhecia e aceitava meu dinheiro para se deitar comigo. Chamava-se Márcia, nome incomum para uma puta. Aliás, nome comum demais para uma. Morava sozinha, num prédio sem elevador. Tinha a pele mais macia da cidade. Era linda e cheirosa. Movia-se com elegância. Me viciei nela durante um tempo. Ela, que me tratava com respeito, carinho e dedicação. Nunca consegui penetrá-la, porque seu jogo era maquiavélico: me atendia com uma roupa transparente, conversávamos amenidades por alguns minutos, me servia uma dose de uísque barato, me elogiava, dizendo que eu era gato, gostoso, forte e parecia mais velho, o maior elogio que se pode fazer a alguém de 16 anos, me deitava na cama, ia com a boca e a mão direto no meu pau e fazia um boquete tão excêntrico que eu gozava antes de passar para outras etapas.

O que é um boquete excêntrico? Vou tentar. Primeiro, você sabe, o boquete de uma puta é aplicado. Elas não beijam na boca. Mas sabem como ninguém a arte de lamber uma orelha e pagar um boquete. Porque têm preguiça de meter e aceleram o processo nesta preliminar implacável. Márcia nem tirava o robe. Me deitava na cama, abaixava a minha calça e, deitada perto de mim, para que eu tivesse o que fazer com as mãos, pegava no meu pau, endurecia-o a jato com uma manipulação rápida e mergulhava de cabeça, chupando numa velocidade absurda, lambendo, sugando, engolindo-o todo, mordendo, enquanto a mão, na base do pau, não parava. Ela me chupava com o corpo todo, gemendo, movendo o seu pescoço, contraindo a cervical, dançando com suas costas, esfregando os cabelos na minha barriga, acariciando minhas coxas com os punhos, espremendo seus peitos nos meus joelhos e encaixando sua boceta no meu pé. Uma serpente fugindo do calor do deserto, e eu era o chão ardente. E gemia, sussurrava, como se estivesse saboreando o melhor champanhe do mundo. Bem, eu gozava em minutos. Às vezes, em segundos. Mas pagava o preço de uma metida completa. E, posso falar, poucas me fizeram o mesmo. É incomparável o boquete de uma puta dedicada. E eu gostava de Márcia por causa disso: era a funcionária do mês. Faltava uma foto sua sorridente na entrada.

Ouvi falar que, hoje em dia, as putas beijam na boca. Claro, por que não?

Existem outros grandes galinhas na cidade, apesar de eu duvidar deste termo, aceitar "conquistador", mas, não adianta, os que me conhecem me classificam assim, não mulherengo ou comedor, muito menos jogador, mas galinha. Alguns eu chamo de "profissa", porque não se enjoam, como eu, comem várias vezes a mesma, enquanto minha média, cinco, seis.

Minha galinhagem teve altos e baixos. Quando eu saía à toa e escutava vozes, o pico. Só eu as escutava. Eram vozes que reverberavam. Sempre me chamavam:

"Vem, você quer? Curtiu?"

Quem falava comigo? Corpos. De mulheres. Tentavam contato. Elas passavam por mim, ou estavam apenas sentadas num café, ou fazendo compras, ou ajeitando o bebê num carrinho, e seus corpos conversavam comigo:

"E aí, quer? E aí, vai rolar? E aí, está preparado?"

E as vozes revelavam segredos:

"Tenho uma pintinha você nem imagina onde. Sou cheirosa. Pareço inocente, mas tenho o demônio escondido. Vem me ver. É, depilo, é um cabelinho loirinho, ralo. Não é silicone, não, nasci assim. Me tenha, me coma!"

Quando as vozes emitidas pelo corpo de uma mulher são mais intensas do que as emitidas pela própria, o galinha ganha a mais alta patente.

Bocetas falam. Têm lábios, caixa de ressonância, cordas vibratórias. Em restaurantes, em feiras, em filas de cinema, escutei e conversei com muitas delas. As tímidas falavam comigo monossilabicamente. Falavam comigo e olhavam para o meu pau. Às vezes, abriam-se, como cauda de pavão, suas donas abriam as pernas, e lá estavam elas, esmagadas em calças apertadas, sufocadas:

"Ei, você, me ajude, estou sem ar, cof-cof..."

Um galinha está no auge quando é mais íntimo delas do que de suas donas.

"E aí, garota, o que tem feito?"
"Nada, tô aqui, à toa, e você?"
"Na mesma. Eu estava com saudades."
"Desculpa, mas andei num período difícil, fechada para balanço, entende?"

Conversei também com bundas. É uma outra espécie. Bundas escutam mais do que falam. Escutam e falam:
"Tá bom, até parece, sei..."
São vagas. Sabem que são apreciadas. Estão sempre dizendo:
"Fique querendo".
Bundas são difíceis...

Já dei o cano numa namorada num 12 de junho, é, o dia dos Namorados. Já dispensei outra no dia do seu aniversário. Só um galinha faz dessas. Mas tal gênero tem uma virtude: se a mulher quer dar para ele, ele come, porque se sente como um médico que não pode negar socorro.

Nas vésperas do vestibular, passei um fim de semana em Amparo na casa da família de Cássio, aquele melhor amigo. Dois adolescentes estressados numa antiga casa de fazenda com muitos quartos, portas largas, pé-direito alto. Estavam também hospedados seus primos, todos pequenos ainda, que passavam o dia correndo pela casa, enquanto nós, vestibulandos, na piscina, revisando apostilas gastas. Mas tinha uma prima da nossa idade. Teca. Parecia abobalhada, pois brincava com as crianças como se fosse uma delas. Menina do Mato Grosso, ingênua e tímida, jeitinho de menina do mato, pele escura. Morava na outra e mais distante fazenda da família. Eu não tirava os olhos dela. Me dava tesão vê-la correndo pela casa com as crianças, brincando de pega-pega, esconde-esconde, pula-pula, rolando pelo chão fazendo cócegas nos pequenos. E ela não tirava os olhos de mim, o garoto da cidade grande, lendo na piscina de óculos escuros, fumando, educado, pele branca sem marcas, penteado da moda, um cara da civilização.

Cansado de estudar, fui brincar com as crianças, pega-pega, e fazia questão de me jogar no bolo para me enrolar com Teca pelo chão. Quando caíamos e rolávamos, ela não se soltava de mim imediatamente. Ríamos e nos encostávamos. Ela deixava o seu corpo livre uns instantes e se soltava, para continuar a brincadeira. Um sinal. Estava traçado o objetivo daquela curta temporada. Eu iria com tudo pra cima. Planejando os ataques e contra-ataques. Pesquisando o terreno do inimigo, conheceria a rotina da casa, os horários, as divisões de quarto, para vencer minha batalha particular.

Fim da tarde, Cássio dormia pesado na piscina, e Teca foi colocar duas crianças para dormir, dois priminhos quase bebês, em berços, no quarto ao lado do da avó. Fui atrás. Além dos berços, uma cama grande, onde dormia a tia, mãe das crianças, que só chegaria à noite. A porta aberta, a luz apagada, um bebê já dormia, Teca cantava para o outro. Entrei, fiquei ao seu lado. Milimetricamente fui me aproximando, me encostando em seu corpo. Parou de cantar. Me olhou assustada. Agarrei, caímos na cama e ficamos parados, temendo um flagra. Imobilizada. E colaborando; isso é, não gritou, não chamou ninguém, ficou em silêncio, ouvindo a movimentação da casa. Foi o suficiente para me encorajar, ela também queria, quase esperava por aquilo, estava permitido, sim.

Quando Malu se mudou para a minha casa em São Paulo,

uma revolução. Comprei uma TV nova. Depois, um vídeo. Depois, um DVD. Depois, reequipei a cozinha. Um galinha não tem essas coisas. Um galinha quase não tem tempo para lazeres domésticos. Aliás, seu único lazer doméstico é foder. Um galinha precisa estar desleixado, para seduzir as meninas, deixá-las com pena, com vontade de cuidar daquele homem abandonado. Sem talheres, sem copos, sem almofadas no sofá, sem flores, nem vasos. Com panelas antigas, toalhas de mesa menores do que a mesa, e sofá descombinado. Quando Malu entrou na minha vida, virei um ex-galinha e tive de me equipar para ficar preso a ela, para viver trancado cada segundo daquela rotina, e preferia um jogo de salão ao da sedução.

Teca não queria. Ou, se queria, não sabia. Ou, se sabia, não queria saber. Ou queria, mas não sabia como demonstrar. Meu corpo sobre ela a imobilizava. Eu tinha todo o comando, mas não tinha nada. Um dos bebês olhava se divertindo. O outro dormia pesado. E, na casa, ou ao menos perto do quarto, silêncio. Eu tentava beijar, mas ela desviava o rosto. Eu provocava o seu corpo, mas ela, imóvel. Não me empurrou, não me chutou, não me rejeitou. Então, para mim, ela queria algo, mas não ali. E eu disse a senha:
"Vou ao seu quarto à noite, quando todos estiverem dormindo. Se você não quiser, tranque a porta."
Ela não disse nada. Fiquei ainda algum tempo. Seu corpo, duro, impassível. Insensível. Sua boca, sempre longe da minha. Fiz um carinho no seu rosto. Dei um sorriso. Finalmente, ela sorriu.

Cássio dormiu toda a tarde. À noite, só queria saber de jogar buraco e tranca. As crianças e Teca brincaram muito. O avô chegou, a mãe dos bebês chegou, jantamos. Aos poucos, foram se retirando. Teca foi cedo pra cama. Seu quarto ficava na ala reformada da casa. Diziam que era a antiga senzala. E eu dormiria com Cássio, num quarto enorme. Bebemos muito quando ficamos só nós dois. Eu não via a hora de ele desmaiar de sono. Mas, quanto mais ele bebia, mais queria jogar. Três da matina, sentiu as luzes se embaralharem, descartou sem querer um curinga e arregou.

"Meu velho, chega, né? Vou dormir. Você vem?"
"Vou fumar um cigarro ainda. Estou sem sono."
"Você não dorme no ponto, hein?", ele disse.
Desconfiei que soubesse do meu plano. Temi fazer merda naquela noite. Meu amigo, família do meu amigo, prima do meu amigo. Cássio cambaleou para o nosso quarto. Será que está fingindo? Será que seguirá meus passos? Pensei em ir com ele, dormir. Mas o destino estava nas mãos de Teca. Se ela tivesse trancado o seu quarto, eu dormiria. Se não...

Fumei um cigarro. Na casa, só insetos contra lâmpadas. Apaguei as luzes e fui para o quarto. Cássio, jogado na cama, vestido, dormindo pesado. Coloquei o meu pijama, fui ao banheiro, escovei os dentes. Não voltei para o quarto. Fui sem fazer barulho. Senzala. Encostei o ouvido na porta de Teca. Girei a maçaneta calmamente. Não estava trancada. Ela me quer. Entrei. Só um armário, um criado-mudo e uma cama. Havia uma porta para um pequeno banheiro. Suíte. Da janela, entrava luz da iluminação do jardim. Primeiro, me habituei com a semiescuridão. Depois, me sentei na sua cama. Não acordou. Pensei em me masturbar ali, aquela invasão, aquele corpo coberto por uma camiseta de dormir, corpo de garota de fazenda. Decidi não a acordar. Passei a mão de leve em suas pernas, em seu colo, ela se virou, como alguém dormindo mudando de posição. A bunda, coberta por uma infeliz calcinha, ficou à mostra, apontada pra mim. Estava acordada e oferecia aquela parte do corpo? Me masturbei diante dela. E gozei como um touro. Ela nem se mexeu. Sono profundo. Ou fingia que sonhava profundamente. Fui dormir deixando a marca da minha presença carimbada em suas coxas.

Eu sou (era) um filho da puta. Mas não sou (era) um tarado filho de uma puta. Eu sou (era) um porra de um tarado que apreciava o estranho. Não cobiçava apenas uma metida comum. Mas o desarmamento, a sedução, a surpresa, o imprevisível, o enredo sem roteiro. No outro dia. Fui o último a acordar. De propósito. Fiz questão da sair do quarto depois de muito tempo. Para perturbar. Para perturbar Teca. Para deixá-la horas sem me ver, sem ver minhas expressões, no que eu pensava, sem ter com quem repartir. Saí do quarto e fui direto pra piscina. Cássio estava lá, dormindo com uma apostila cobrindo o rosto. Mergulhei, dei boas braçadas, saí, acendi um cigarro, deitando-me sob o sol.
"Meu velho, você vai morrer cedo, se continuar fumando desse jeito. Devia forrar o estômago antes. Já almoçamos. Mas posso pedir pra alguém esquentar o seu prato."
"Estou sem fome."
"E eu sem saco!"
"De estudar?"
"De tudo."
"É, eu também, eu também..."

Voltou a dormir. Ninguém por perto. A casa estranhamente silenciosa. Me deu uma súbita fome. Na cozinha, ninguém. Fiz um lanche. Dei uma ronda pela casa, salas, quartos, senzala. Deserta. Aonde foram todos? Entrei cuidadosamente no quarto de Teca. Roupas jogadas na cama. Uma calcinha. Abri o armário. Estava arrumadinho, vestidinhos pendurados em cabides, camisas dobradas. Numa gaveta, mais calcinhas. Peguei-as e examinei, uma por uma. Largas, folgadas, baratas. De repente, escutei o barulho da descarga. Era ela. Estava lá dentro do banheiro. Fiquei parado, com suas calcinhas na mão. Mas a porta não se abriu. Ela abriu o chuveiro. Banhou-se. Banhou-se longamente. Talvez, para tirar a herança de meu corpo em suas coxas. Talvez fosse o quinto banho do dia. Cansei de ficar ali. Peguei suas calcinhas, todas, inclusive a jogada na cama, e saí. Fui para um canto afastado do jardim, fiz um bolo com elas e taquei fogo. Esperei elas se queimarem e voltei pra piscina.

Teca quase não saiu mais do quarto. Saiu para jantar, porque foi chamada insistentemente, quando chegaram as crianças, os avós e tios. Sim, ela me olhou. Em seus olhos, curiosidade. Estranhamente séria, para quem antes só brincava abobalhada. Quase não tocou na comida. Separava com a faca o feijão do arroz. Todos numa grande algazarra. Nela, silêncio, compenetrada em algum pensamento encurralado. Não sofria. Não estava triste. Não estava nada. Não. Estava séria. Só. E de calça.

Madrugada. Andei pelo jardim, enquanto todos dormiam. Eu em dúvida. Continuava aquele jogo? E se ela se cansasse do isolamento e informasse à família o que estava acontecendo? Mas ela sabia o que estava acontecendo? Fui ao seu quarto. Sua porta, destrancada. Dormia de bruços. Dormia com o dedão na boca. Nem se mexeu. Fiz um pouco de barulho. Dormia de calça. A mesma com que jantou. Desta vez, eu não estava excitado. Algo me perturbava. Tive o que naquela idade eu não deveria ter tido por uma mulher. Tive pena. Raiva de mim. Em pé por um bom tempo naquele quarto. Tossi. Achei, por alguns instantes, que ela me viu. Tirou o dedo da boca. Virou de lado, virada pra mim. Tive quase certeza de que ela me viu. Saí do quarto, voltei para o jardim, peguei algumas flores do campo, voltei para o seu quarto, joguei as flores na sua cama e saí sem acordá-la.

No dia seguinte, Cássio e eu demos uma volta pela cidade. Tomar sorvete. Andar pela praça. Beber cerveja. Almoçamos um pê-efe. Discutimos nossos planos. Ele prestava para engenharia. Eu, para economia. Não tínhamos ideia do porquê. Um vácuo a ser preenchido. Indicava-se, naquela idade, que uma carreira deveria cruzar com nossas vidas. Carreira é a última coisa em que se pensa naquela idade. Num boteco, paqueramos algumas meninas, sem muita convicção. Não se vai a uma cidade do interior paquerar algumas meninas. Não se vai a uma cidade do interior para ter casos com suas meninas, meninas de meninos de cidade do interior, briguentos, encrenqueiros e loucos para acabar com a raça de caras da cidade grande que paqueram suas meninas. Paqueramos, porque fomos paquerados, mas ficamos só naquilo, nos olhares e sorrisos. Paqueramos para praticar. Só isso.

Voltamos para o jantar. A algazarra de sempre. Teca, mais sóbria do que antes. Envelhecia 30 anos naquele fim de semana. Servia as crianças como se fosse a avó delas. Nem me olhou. Estava mais sorridente. Tímida, mas feliz.

Madrugada. Lá fui eu para o seu quarto investigar. Eu tinha quase certeza de que estaria trancado desta vez. Até torci para que estivesse. Para eu não me perder num labirinto. Mas não. Girei a maçaneta. Sim. Destrancada. No criado-mudo, um vaso com um arranjo de flores, aquelas lá. Na cama, Teca dormia de bruços, nua, sem calça, sem calcinha. Sua bunda brilhava. Bunda perfeita, proporcional, como a de uma estátua de mármore. Ela me esperava. Oferecia-se. Me queria. Me dominava. Me enlouquecia. Me sentei na cama. Tirei minha camisa e calça, para combinar com ela, que continuou imóvel. Acariciei aquela bunda como se lustrasse um móvel, afastei sua coxa, passei a mão na sua lombar, escorri o dedo na junção, beijei, lambi, cheirei, e ela, imóvel. Me deitei ao seu lado, passei a mão nos seus cabelos. Ela, imóvel. Levantei o seu braço, passei a mão nas suas costas. Ela, imóvel, ainda de bruços. Me deitei em cima dela. Não mexeu um milímetro, não mudou a respiração. Me encaixei. Tentei enfiar. Ela, nada. Eu não conseguia. Levantei seu quadril. Agora, sim, ela estava vulnerável, de quatro, mas de olhos fechados; nem seu coração se alterou. Tentei enfiar de novo. Nada. Virgem. Fiquei sem ação. Vou ou não vou? A primeira vez que eu faria. Nem sabia como, forçar até romper? Sim. Fui. Na primeira forçada, deu um pulo, virou-se rapidamente, devo ter machucado. De frente pra mim. Me abraçou e me beijou, de olhos fechados, me beijou loucamente, sua língua não parava, me agarrava os cabelos, me apertava as costas, beijou minha boca, meu pescoço, meus ombros, lambeu meu peito, minha orelha, parecia um bicho, até eu deitá-la de novo, de frente pra mim, pousar a sua cabeça confortavelmente no travesseiro, abrir as suas pernas. Enfim abriu os olhos. Se acomodou. Abriu mais as pernas. Frente a frente. Me encaixei e fui, fomos, sem calma, sem pressa, sem parar, sem falar, sem vacilar. Entrou. Tremia toda, todo o tempo, tremendo, nada temia, tremia num gozo longo, infindável. Incansável. Amanhecia, e não parávamos. Não nos desgrudávamos.

Teca. Nunca mais.

Sentado ao lado de Cássio no ônibus para São Paulo, viajei sorridente. Completamente encantado.

"Meu velho, rolou alguma coisa entre você e a minha prima."
"Não rolou nada. Sua prima é muito feia."
"Mas é gostosa."
"Eu não achei."
"Por que ela não tirava os olhos de você no café da manhã?"
"Porque eu sou muito bonito e gostoso."
"Bonito? Quem disse isso?"
"Sua avó."
"Ela também disse que você é gostoso?"
"Não. Foi a sua tia."
"Cara, você conquistou a minha família. E conquistou a minha prima. Aquelazinha dá mais que chuchu na cerca. Piranha."
"Cara, eu acho que ela é virgem."
"Meu velho, você não entende nada de mulheres. Aquela lá dá pra todos os peões de Mato Grosso. É o que dizem."
"Acho que estão enganados."
"De onde você tirou isso?"
"Ela tem cara de débil mental. E virgem."
"Tá bom, Luiz. Você não entende nada de mulheres..."
Continuei a viagem mais encantado. Porque eu concluía que estava pronto pra vida. Chegando em São Paulo, ao abrir a minha mala, surpresa: estava cheia de flores do campo. Teca...

Não entendo nada de mulheres.

A minha primeira aula na Economia foi uma palestra com professores ilustres, dois ex-ministros da Fazenda, um ex-presidente do Banco Central, um senador da República e uma estrela do meio, várias vezes cotada para vários cargos públicos, mas que preferia o mundo acadêmico. Ela era uma altruísta: lecionar. Casada com um que já foi do governo e tocava uma empreiteira herdada. Casal-modelo que dava festas que saíam em colunas sociais, nas quais recebia prêmios Nobel em visita ao Brasil. Eram surpreendentemente de esquerda, o que alimentava o charme da dupla: a ponte entre o PIB e as centrais sindicais, a negociação em momentos de crise. Ambos de família quatrocentona. *Hippies* na juventude. Com mestrado na Califórnia, no auge da contracultura, fizeram manifestações contra a Guerra do Vietnã e o escambau. Eram cultos e informais. Foi-nos dito na aula inaugural. Ela encerrou o debate homenageando o marido. Ela o amava. Sem ele, sua vida teria sido um vaso sem flor. Isso foi dito. Não parecia mais uma aula, mas um programa de TV, em que casais disputam prêmios. Paixão é piegas.

Ela deu aulas para mim no primeiro semestre: Clássicos do Pensamento Econômico. Era séria. Sempre de vestido preto. Elegante. Pontualíssima. Exigia atenção. E tinha um método próprio. Falava por exatos 30 minutos, nem mais, nem menos. Depois, abria para a classe. Fazia perguntas e esperava as respostas, emendando-as com mais pensamentos. Afirmava que a participação em aula era o que mais contava na avaliação. Indicava muitos textos a serem analisados na aula seguinte. E os alunos ficaram empolgados com aquela professora dedicada e famosa, que perdia o seu precioso tempo com calouros da graduação. Virou uma rebelião de egos, alunos querendo dizer coisas inteligentes mais do que os outros, sobrepondo-se, exibindo-se, uma competição em torno do pensamento econômico. Meus colegas eram de um outro mundo. Vestiam-se como se estivessem na reunião de uma diretoria de banco. Os meninos, de terno e gravata. As meninas, formais. Aquela faculdade cheirava a tergal. Muitos eram membros da nata da burguesia paulistana. Os que não eram fingiam que eram, podiam não ter um puto, mas estavam lá, fazendo amigos, contatos futuros. Bem, generalizei. Havia a turma do contra. Pequena. Eu? Sei lá.

Fui morar no Crusp, em que moravam os alunos de baixa renda. E eu me encaixava neste perfil, já que vinha de pais separados e família mal de finanças. Continuava a trabalhar como boy para o meu avô. E era quase seu único funcionário. Perdia clientes à medida que sua idade avançava. Estava para falir também.

Faltava pouco para o fim do semestre quando Clara Braga — sim, este era o nome da tal —, ao final de uma aula, fez um balanço da participação dos alunos até reparar num nome, o meu. Falou o meu nome em público, Luiz, perguntando quem era. Estranho, porque ela sabia de cor os nomes de todos os outros. Ela disse isso. Levantei o braço me apresentando. Ela disse:
"Que estranho, eu... Achei que sabia o nome de todos. Você é meu aluno?"
A classe riu. Era ignorado por aquela classe. Simples. Para provocar, ou sei lá, me vestia aos trapos e com cores que não se combinavam, andava descabelado e com barba por fazer. Me evitavam. E eu não fazia a menor questão de ter amigos ou contatos lá dentro. Era dos poucos que não tinham raspado os cabelos no trote. Dos poucos que não participaram das atividades de boas-vindas aos calouros. E me vestia aos trapos para um protesto solitário contra aquele ambiente que deveria desenvolver o pensamento e as relações com o mundo.

"Classe, não ria. Desculpa, rapaz, mas, bem... O senhor não participou das aulas. Reparei que... Vocês sabem, a participação é importante."
"Tudo bem."
"Eu devia ter reparado antes. Luiz... Desculpa. E agora? O senhor não tem avaliação, corre o risco de perder o semestre."
"Tudo bem."
"Como, tudo bem? O senhor estará reprovado."
"Tudo bem", devolvi, sincero.
"É o sujeito do 'tudo bem'."
A classe, macaca, riu.
"A senhora não precisa me humilhar na frente dos outros."
Ficou séria. A classe a imitou.
"Não leve para o pessoal, estamos numa relação de troca, é importante o aluno se habituar com as relações de trabalho, esperam de vocês no mercado a atuação constante e a participação, uma voz nas decisões. Foi-se o tempo em que as empresas contratavam burocratas. Elas querem, agora, opiniões criativas de todos."
"Desculpe, mas levei para o pessoal. A senhora traz a bagagem de seus conflitos pessoais para a aula. Sua vida, como a de todos, é pautada por eles. Ou a senhora acorda de manhã e só pensa nos pensamentos econômicos?"
"Então, vamos ouvi-lo. É a sua chance de obter alguns pontos na avaliação, é..."
"...Luiz. Este é o problema de sua aula. Meus colegas não falam porque estão realmente interessados no debate ou curiosos. Falam para obter uma nota boa, passar de ano".
A classe protestou. Quem é este cara?! Cale a boca, bicho! Clara esperou a balbúrdia diminuir e me disse:
"O senhor tem o direito de falar. Vamos, não o escutei durante o curso."

"É para ser sincero ou para agradá-la e obter pontos?"
"Isto é com o senhor, fique à vontade."
Fiquei alguns instantes em silêncio.
"Ser sincero é difícil?", perguntou.
"Olho pra você, desculpe, para a senhora e pergunto: ela é sábia, culta, prevenida, ela também é vaidosa, veste-se bem, está de preto, sempre de preto, cor triste, porque o preto absorve todas as luzes e não as reflete, guarda para si. Por que a senhora não quer refletir luz?"
Um silêncio absoluto caiu. Ninguém respirou. Respondeu:
"É irrelevante. Existem a ciência, as forças que controlam o mundo, o poder, e os sujeitos desta ordem não são ligados à decisão de um indivíduo somente, mas a uma ideologia, a um grupo, a uma ideia, um pensamento."
"Quer dizer que o fato de a senhora não emanar cores não interfere no rumo de sua vida, de suas decisões, e suas decisões não têm a menor importância num mundo organizado pelas ideias?"
"Minha intimidade não lhe interessa."
"Que pena."
"Por quê?"
"Está interessada na minha opinião. Está vendo? Isto é legítimo. Mas a autoridade pesou. É assim a nossa relação. A senhora manda, eu obedeço. A senhora não revela o seu íntimo, mas eu, sim, devo responder por quê."
"Nosso trabalho é entender os pensamentos econômicos. As desavenças sociais, os conflitos de interesses, as desigualdades e a intolerância são marcas de grupos que lutam por sua identidade."
"Para a senhora, a luz das cores é sectária?"
"Que saco!", ela disparou, surpreendentemente.
Bufou e olhou o relógio. Tudo bem, tudo bem, eu nem estava

defendendo uma ideia, apenas provocava. Escutavam-se os ponteiros de seu relógio girando. Tudo bem. Me levantei e disse:
"Me desculpe."
Peguei minhas coisas e, antes de sair, mandei:
"Pelo menos, a senhora agora sabe o meu nome."

Viver no Crusp? Festa. Uma festa sem fim. Mas não para mim. Repartia um quarto com um africano, porque sobrou a ala dos alunos estrangeiros conveniados. Na verdade, dei sorte. O africano, de Moçambique, morava na verdade na Vila Madalena com a namorada, uma loira sensacional de Recife, e mantinha o endereço do Crusp atualizado. Eu e um quarto só pra mim. Provisório. Esperava Cássio decidir o que fazer da vida. Ele não tinha passado no vestibular. Mais um ano de cursinho.

Ninguém se metia na vida alheia, a regra da minha família. Minha vida, uma liberdade aterradora para um cara da minha idade. Fui forçado a me virar, já que trabalhava desde o colégio, já que não podia contar com ninguém. Sair de casa foi um alívio para todos. E minha mãe nem saberia dizer meu endereço. Meus irmãos se espalharam. Um já morava nos Estados Unidos. Outro, casado. Meu pai, sei lá. Na verdade, minha família não existia mais.

Crusp, uma festa sem fim, mas eu passava a maior parte do tempo lendo e estudando no quarto. Era a primeira vez que eu tinha o meu canto. Queria ficar nele até esgotar o silêncio e a privacidade. Lia de tudo, o tempo todo. Nada dos livros indicados pelo departamento. Lia romances. E se caía na minha mão uma teoria, eu lia como se fosse um romance. Isso durou meses. Às vezes, lia dois livros ao mesmo tempo. Às vezes, três. As bibliotecas da USP e o Crusp eram a horta da minha melancolia. Não precisa se encantar por isso. Nem me elogiar. Quem lê assim, trancado num quarto imundo, é porque está deprimido. E foi nele que escrevi a carta:

"Querida professora Clara Braga. Espero que goste deste livro. Bem, a senhora já deve ter lido *Hamlet*. Esta é uma boa tradução. Desculpe as bobagens que falei na sua última aula. Serei reprovado. Paciência. Mas deixo aqui minhas dúvidas. Roma teria deixado de escravizar o Egito se seu imperador não sentisse uma irresistível atração e fascínio pela rainha do inimigo? Estranho. Roma escravizou todo o Mediterrâneo, mas não o reino de Cleópatra. Poder e afeto não estão ligados? Há várias maneiras de ler a História. Gosto da maneira shakespeariana: as guerras são desencadeadas por amor, ódio, ciúmes. Quando o príncipe da Dinamarca pergunta 'ser ou não ser', ele não está pensando apenas no trono que foi usurpado ou como ser por direito o herdeiro, mas não ter poderes para exercê-lo. Acredito que esta pergunta se refere a algo mais amplo. Estar ou não estar vivo? Sonhar ou se acomodar? Ir ou ficar? Agir ou se retrair? Lutar ou ceder? Dilemas do dia a dia. Existe ciência nos pensamentos econômicos. Mas deve haver poesia na ciência. E o imponderável também faz a História. Não me sinto ambientado em suas aulas. Nem em seu departamento. A senhora me fez um grande bem. Vou largar esta faculdade e partir pra outra. Vou sonhar, ir, agir, lutar. Vou ser. Muito obrigado.
Luiz."

Deixei a carta com uma cópia de *Hamlet* em seu escaninho. *Hamlet*, que patético... Fui à Reitoria pedir transferência para outro departamento, o de História. Foi-me dito que eu teria de esperar, continuar a frequentar as aulas da Economia e ter boas notas. Só no final do ano eu seria transferido ou não. Mas não poderia abandonar a universidade, deveria ter presença nas aulas, nem ser reprovado. Tudo bem. Ficar, acomodar-se, retrair-se, ceder temporariamente. Não ser. Poderia adiantar algumas matérias que também faziam parte do currículo da História. Clássicos do Pensamento Econômico não era uma.

*Hamlet?* É, essa é a cultura de um sujeito metido a culto de 18 anos. Lia os clássicos apenas. E me sentia o sujeito mais erudito da Terra. Sem sequência, comparações. Eu lia os latino-americanos. E dois Dostoiévski, dois Kafka, dois Camus (esses caras estavam na moda), três Shakespeare, três Machado, um Flaubert, um Thomas Mann, *Divina comédia, Fausto, O vermelho e o negro, Guerra e paz,* alguns Balzac, Virginia Woolf e Clarice Lispector, li Walter Benjamim, Borges, *Grande sertão: veredas, Os sertões* (pulando a primeira parte). *Macunaíma.* Oswald e Lima Barreto eu tinha lido no colégio. Nelson Rodrigues li, com prefácio de Sábato Magaldi. Antonio Candido. Li os *beats.* Descobri Fitzgerald, mas me apaixonei por Hemingway. Li Racine. Meu avô não lia muito, mas gostava de comprar livros bonitos. Roubei alguns deles. Ele tinha aquela coleção Prêmio Nobel, exemplares de ganhadores do Nobel, li todos, na sequência. Minha erudição era profunda como uma frigideira, era sem método, era aparente. Citar *Hamlet.* Que vergonha...

Sim, fui à próxima aula de Clara Braga, a estrela do pensamento econômico. Sentei na primeira fileira. Entrou solenemente, como sempre, ser superior, segura, vaidosa. Estava de preto. Mas com um lenço vermelho grande no pescoço. Deu sua aula como sempre, falando por 30 minutos e, depois, abrindo para a classe. Me ignorou. Completamente. Como sempre. Seus alunos favoritos continuaram a tagarelar. Estava tudo como sempre. Mas, ao final, ela não saiu apressada, como sempre. Sentada, observando os alunos saírem. Alguns traçaram ainda as últimas considerações. Demorei a sair. Conversava com dois alunos, quando passei bem perto de sua mesa. Nem me viu. Tudo bem.

Eu estava no corredor e escutei atrás de mim os inconfundíveis passos de Clara Braga, salto alto, apressada, dividir com outros suas conclusões sobre tantos pensamentos. Econômicos. Retardei minha caminhada para ficarmos lado a lado. Então, escutei:
"Achei que tinha desistido do curso".
"É, desisti."
"E vai fazer o quê?"
"Está curiosa?"
"Claro. Fui responsabilizada por tirar um economista do mercado."
"O mercado... É assim que vocês nos veem, mais um para o mercado?"
"Você entendeu o que eu quis dizer. E se faz de vítima. Está tentando conflitar com o mundo?"
"Diziam o mesmo de Hamlet. Até descobrirem que ele tinha a verdade nas mãos."
"O que causou uma grande desgraça ao seu reino. Qual verdade você quer revelar?"
"Você pinta as unhas do pé?"
Não respondeu. Caminhamos, mudos. Fora do prédio, virou à direita. Fiquei parado, observando-a se afastar.

"Aos alunos que tiverem dúvidas quanto à nota, estarei na minha sala na próxima quinta-feira, entre 10 horas e 11h30. Clara."

Era um escrito à mão em vermelho no painel do corredor.

Acabara o semestre. As notas, afixadas no mural. Meus colegas tiraram de oito a dez. Ninguém fora reprovado. No meu nome, nenhuma nota, um espaço em branco. O aviso aos que tinham dúvidas: ela estaria na sua sala, próxima quinta, naquele horário. Era uma bênção para o país, uma estrela ter uma hora e meia dedicada ao bem comum e ao conhecimento. Ou era um recado pessoal para mim, o aluno em dúvida quanto à nota?

Quinta-feira, às 11 horas. Bati na sua porta. Me mandou entrar. Estava sentada falando ao telefone. Vestia *jeans* e uma camiseta Hering branca. Nos pés, um par de botas pretas. Fez sinal para eu fechar a porta e esperar. Coloquei à sua frente uma maçã. Fingiu que não viu. Desligou o telefone e disse um cínico:
"Pois não?"
"Gosta de maçã?"
"Ah, sim, obrigada, senhor..."
"Nunca a imaginei de *jeans*."
"Usei meu primeiro *jeans* quando você nem tinha nascido."
"Você é tão velha assim? Posso fumar na sua sala?"
"Não."
"Bonitas botas", disse e acendi um cigarro.
"O que quer?"
Olhei no fundo dos seus olhos e disse:
"Uma nota. Todos ganharam uma."
"Eu não quero prejudicar a vida de ninguém. Se você precisa de uma nota, pode escolher qualquer uma. É o senhor quem está se punindo."
Ela pegou uma caneta e esperou.
"Eu quero um zero. Não é essa a pior nota? Pode colocar. Zero. Em vermelho. E no mural, para todos verem."
Ela trocou de caneta e escreveu zero em vermelho num papel.

"Você tem umas pernas bonitas. Estes *jeans* apertados..."
"Sou uma pessoa normal."
"Pensei que fosse uma lenda. É assim que todos a tratam."
"Uso *jeans*, camiseta, sandália."
"E dorme como?"
Ela se inclinou na cadeira e sorriu. Eu respondi por ela:
"Você dorme nua."
"Será?"
"De bruços?"
"Não é da sua conta."
"Sem calcinha?"
"Não interessa."
"Você depila a virilha?"
"Claro."
"Faz um retângulo, um triângulo ou tira tudo?"
Ela ficou em pé, pegou o meu cigarro e o apagou.
"Um retângulo. Pena que você não vai ver."
"Você pintou as unhas do pé?"
"Não. Era pra pintar?"
"Deixe eu ver."
"Você não vai ver nada."
"Você pintou. De vermelho."
"Pode ir agora. Tenho mais o que fazer."
Ela se sentou e colocou os pés em cima da mesa. Abaixei o zíper da sua bota e a tirei cuidadosamente. Depois, tirei a meia. Estavam vermelhas. As unhas. Passei a mão no seu pé. Ela recolheu a perna. Tirou os pés da mesa.
"Mais alguma coisa, senhor?"
Peguei a sua meia e enfiei no bolso. Provoquei:
"Come a maçã. Ela retarda o envelhecimento."
"Babaca!"
Abri a porta e saí.

No outro dia, estava no mural. Minha nota. Um cinco. Em vermelho. Escrito com uma letra firme. Impetuosa. Deixei um bilhete em seu escaninho.

"No Crusp, bloco B, apartamento 47, hesito. Estar ou não estar vivo? Sonhar ou se acomodar? Ir ou ficar? Agir ou se retrair?"

Estou de passagem nesta vida. Estamos todos. Por que não dizer o que se quer dizer? Eu enlouquecia. Pela loucura escoam a coragem e a irresponsabilidade. Eu não tinha nada no mundo, a não ser aquele quarto escuro e livros embolorados. Eu estava cagando pra tudo. Com 18 anos, eu era um monstro, capaz de tudo, menos ser conveniente. Andava pelo *campus*, simplesmente chegava para as mulheres e dizia:
"Prometi a mim mesmo que hoje eu daria um beijo na boca de alguém. De língua. E a vi aqui parada, fumando este cigarro. É você. Vamos. Posso te beijar? Um beijo longo. Eu quero, você talvez queira, nem a conheço, vamos, vai?"
Fui bem-sucedido algumas vezes. Sempre garotas da USP com um parafuso a menos, solitárias, estranhas, interessantes. Beijei uma que insistia em tomar banho de sol nua na piscina. Beijei, e depois trepamos no bosque. Beijei outra que corria a pé na ciclovia. Não trepamos. Comi uma que comia sempre sozinha no bandejão, lendo Maiakovski, e com os mesmos olhos tristes e confusos dele. Eu, sempre com a mesma abordagem. Claro que a maioria riu da minha cara, ou ignorou, ou se assustou, ou xingou, o que me dava mais prazer do que se aceitassem o confronto. Eu me travestia de sádico. Era o tirano em busca de experiências infringentes. Autoflagelação.

É bom pra caralho ter 18 anos.

Acho que a maioria das mulheres quer o avesso do que pensa que quer.

Clara Braga não apareceu no dia seguinte. Nem no outro. Nem na semana seguinte. Mas apareceu. Bateu na minha porta. Tinha curiosidade, ver como hesitava aquele provocador que abandonava o mercado. Estava com o lenço vermelho cobrindo a cabeça e uns óculos enormes. Escondia o rosto entre os ombros. De *jeans*, tênis e camiseta.
"Vim pegar a minha meia", disse.
"Fique à vontade."
Tomou um susto: a sujeira do quarto, o cheiro, a poeira, o mofo, o frio, sofá velho, cama imunda e livros espalhados pelo chão. Pegou um deles aleatoriamente: *O jogador*. Riu. E comentou:
"Prefiro *Crime e castigo*. Todos nós somos um dia punidos por nossos crimes. E os que não são descobertos acabam cedo ou tarde se entregando."
Delicadamente, tirei o seu lenço, seus óculos e perguntei:
"Pra que o disfarce?"
Passei a mão por sua cabeça e disse:
"Prometi a mim mesmo que hoje eu daria um beijo na boca de alguém. De língua. E você aqui. Posso te beijar? Um beijo longo. Eu quero, você talvez queira."
Ela deixou. Um beijo. Curto. Ficou tímida. Outro beijo, grudado. Nenhuma palavra. Apertou as minhas costas, grudou em mim, me beijou como uma debutante. Tirei a sua camiseta. Ela tirou a minha. Enfiei a boca em seus peitos. Ela enfiou a mão no meu pau. Caímos no chão, no carpete sujo. Tirei a sua calça, com a calcinha junto. Foi ali, sobre o mofo e a imundície, cercados por narrativas emboloradas.

Ela me comeu naquela noite, em outra noite, outras semanas, no carpete, no banheiro, na cama, em pé na porta, na escada do Crusp, olhando a Marginal, contra o vento gelado do inverno. Me comeu na sua sala. Num hotel do Centro. Dentro do seu carro. Não fazíamos nada além de foder. Nenhuma conversa. Só fodíamos. Mas um dia ela disse:
"Você podia ter um carro, facilitaria muito."
"Nem tirei carta ainda."
"Eu vou te dar um carro."
"Não."
"Uma moto."
"Não."
"Você goza muito rápido."
"Eu o quê?"
"É. Deveria segurar mais."
"Mas vem assim, rápido."
"Mas dá pra controlar."
"Você não entende nada."
"É?"
"Pensei que fosse assim."
"Quer ver?"

E repetimos tudo de novo naquela noite, em outra noite, outras semanas, no carpete, no banheiro, na cama, em pé na porta, na escada do Crusp, olhando a Marginal, contra o vento do inverno, na sua sala, em hotéis, dentro do seu carro, retardando o orgasmo, me concentrando, tirando quando estava por vir, fazendo outras coisas nela sem encostar nele. Aprendi a demorar. Mulheres detestam homens rápidos. Parece que gostam mais do que os homens. Elas gostam mais.

Eu e Clara. Tentou me dar presentes, mas recusei. Queria me

comprar coisas. Nada disso. E adorou repartir aquela vida de estudante duro, trepar naquela cama imunda, largar suas roupas caras naquele carpete barato. Ela só queria uma coisa comigo: ser o que não era.

"Por que você não tem filhos?"
"Não é da sua conta."
"Você não quer perder este corpinho, não quer que seus peitos enruguem, não quer dividir a vida com uns pimpolhos."
"Cala a boca. Me chupa."

Eu e Clara. Nos desprezávamos. E ódio dá tesão. Nela, tudo o que eu abominava, formalidade, planos, vaidade, interação com o mundo. Em mim, tudo o que ela abominava, cultura superficial, egoísmo, canalhice, falta de classe. Nos odiávamos tanto que trepávamos sem parar. Nos desprezávamos, não fazíamos planos, não tinha a menor chance de continuar e, por isso, não acabava. A base da nossa relação foi a falta de amor. Sem amor, há muito mais tesão.

"Ele não pode ter filhos."
"O quê?"
"Não sou eu quem não quer. Ele que não pode."
"Quem quer saber?"
"Outro dia, você me perguntou."
"E daí?"
"Pensei que..."
"Pensou nada."
"Eu até queria. Tentamos muitas vezes. Que merda... A gente não toca mais no assunto. Procuro não pensar. Sei lá. Virou tabu."
"Quer que eu passe vaselina?"

"Pra quê?"
"Vire de costas."

Eu tinha de terminar com aquilo. Eu tinha uma vida pela frente, queria novas experiências, e ela me sugava. Então, depois de pensar muito, escrevi uma carta. Deixei em seu escaninho. Era assim:

"Clara, amor. Não aguento mais esta situação. Estou absolutamente envolvido e apaixonado por você. Posso não demonstrar, mas é verdade. Queria dar um salto para o futuro. Eu te amo. Vai dar certo. Será infinito enquanto durar. Estarei sempre contigo. Até te dou um filho, se quiser."

Citar Vinicius foi calculado. Ela detestava lugar-comum. Era esperta, percebeu o sentido da carta. Sabia que eu blefava. Era o blefe sobre o blefe. Sabia que eu não sentia nada daquilo. E descobriu que, com aquela carta patética, eu não a queria mais. Que merda, hein? Se fodeu. Me deixou seguir meu caminho. Elegante que era. Uma altruísta. Se ela ficou triste? No fundo, que se foda. Ela não me dava o que eu queria dela, um caminho. Ela não respondia às perguntas do inquieto príncipe. Ao contrário, ela só alimentava a minha hesitação. No mais, quando ela se lamentou, naquele papo de filhos, quebrou o encanto. Era uma lenda. Humanizou-se, e perdi o tesão. Mas eu fiquei. É, triste. Me deu um vazio. Era bom trepar com ela. Era boa aquela loucura. Eu descarregava nela a minha raiva. Ela descarregava suas tensões, suas escolhas e sua vida. Não, isso não era amor.

Revi Clara anos depois, muitos anos depois. Com o seu marido. Jantamos juntos. Fomos a uma festa juntos. Ela, terrivelmente atraente. Que coisa... Quanto mais envelhecia, mais fogo adquiria. Sim, fodemos. Bem. Conto isso depois. E posso garantir: ela teve muito mais importância na minha vida do que imagina. Muito mais.

Meu pedido de transferência foi aceito, com aval da emérita ilustríssima professora doutora da Faculdade de Economia e Administração, Clara Braga. Lá fui eu, História. Vida nova. Novos colegas. Desta vez, todos vestidos como *hippies* velhos, coloridos, irreverentes. Assistiam às aulas sentados no chão, largados em cadeiras. Um deles insistia em assistir na mesa do professor, fazer uma graça, contestar a dinâmica mestre e aluno, ensinar e aprender, quebrando hierarquias, obrigando os professores mais inseguros a lecionarem em pé. Fazer o quê... Por tudo isso, eu ia à minha nova faculdade de terno e gravata, como um gerente de bando. De bando, não. De banco. Que ato falho... Participava das aulas, perguntas pertinentes e objetivas, procurando entender os conflitos sociais sob a ótica de ideologias e identidades.
Bem, novamente ignorado pelos colegas. Me acharam um estranho, um inconveniente, um diferente, um mala, um *nerd*, um sei lá. Mais uma vez, não falaram comigo. Me desprezaram. Me detestaram. Até rolar Kátia. É, com "K".

Kátia, a chapeira da lanchonete. Fritava os hambúrgueres e afins e levava os pratos até o balcão. Cabelos presos por uma touca. Um avental branco. Uma pele oleosa. Parecia sempre com febre, vermelha, horas manipulando frituras. Baixinha, com umas calças bem apertadas. Bunda enorme e dois peitos enormes. É, vestia um tamanho inferior ao seu número, deixava os primeiros botões abertos para exibir o entrepeitos. Ela sabia que era uma gostosa.

Um dia, convidei Kátia para sair. Sua surpresa foi tão grande que demorou a aceitar. Perguntou-se se não era vítima de mais um trote de universitários filhinhos de papai. Saímos dois dias depois. Um cinema e um boteco para tomar caipirinha de cachaça. Ela disse que gostava dos filhinhos de papai que alimentava, que eram educados, divertidos e bonitinhos. Contei toda minha vida. Como minha família era rica e perdera tudo, o quanto meu pai era um demente e cretino que fugiu do lar, o quanto minha mãe era ausente, o quanto meus irmãos viviam brigando e mal se falavam, o quanto meu avô gastou para me dar uma boa educação, o quanto dei duro para passar no vestibular e o quanto dava duro para me sustentar. Eu era um proletário, como ela! Ela me contou sua vida. E nem prestei atenção. Porque, àquela altura, só pensava numa coisa: quando cair matando?
Nos beijamos naquela noite no ponto de ônibus, na despedida, na primeira noite. Pelo visto, para ela, a primeira noite não era para ser passada em branco. Nem para mim. Nos beijamos e tchau, a gente se vê, né?

Nos vimos. E saímos. E nos beijamos nas outras noites. Sim, saímos todas as noites. Só fomos trepar duas semanas depois. E, depois, trepamos todas as noites. Era muito gostosa, que apetite, gemia, mas nunca gozava. Que estranho... Tinha jogo. Não tinha o apito final. Foi o meu desafio. Eu tinha de fazê-la gozar. Saía com ela todas as noites. Já disse isso? Trepava com ela todas as noites. Eu demorava para gozar todas as noites. Seu corpo suado, engordurado, sujo e cheirando a fritura triplicava o meu tesão. Todas as noites.
Estávamos namorando, acredita? Conheci seus pais, que moravam perto do *campus*. Joguei dominó com seus irmãos. Fui aceito pela família. E, depois, pela comunidade. Nunca

trepávamos fora do *campus*. Era sempre no meu apê do Crusp. Era sempre respeitoso. Era sempre depois de uma balada de namorado, um cinema, cachaçar, um passeio de mãos dadas, é, caminhávamos de mãos dadas, incrível... O *campus* era nosso campo de lazer. Víamos peças de alunos de teatro e *shows* organizados por centros acadêmicos. Ela me deixava à meia-noite, quando partia o último ônibus. Nunca dormimos juntos. Sim, ela nunca cozinhou pra mim, nem fritou um simples hambúrguer. Que merda. Era eu quem cozinhava na cozinha comunitária ao fundo do corredor. Eu arrumava a casa para recebê-la. Lavei o carpete, comprei um colchão novo, novos lençóis, organizei os livros em ordem alfabética! Era a minha dona. Uma dondoca. Nem um copo de água ela me servia. E eu lhe dava flores, discos, bijuterias. Ela nunca me deu um presente. Ela não sabia dar. Talvez, por isso, não gozasse. Eu queria Kátia. Tinha um enorme tesão por sua simplicidade, pela simplicidade daquele relacionamento óbvio, tinha tesão por suas opiniões, suas ideias comuns, tinha tesão por nossas conversas, nossas trepadas, por ela. Mas nunca me fritar um reles hambúrguer era uma puta sacanagem!

Na faculdade, não demonstrávamos. Ela me trazia um sanduíche como para os outros. Nem era caprichado nem nada. Só uma troca de sorrisos era o nosso código afetivo. Mas nos viram juntos nas festas. Eu a levava e a tratava, claro, como a minha mulher. Dançávamos colados, nos beijávamos romanticamente na frente de todos. Em todas as festas. Bem, a notícia se espalhou. Sabiam que eu namorava a chapeira. E, enquanto estudavam marxismo, dialética e consciência de classe, eu praticava. O exemplo foi seguido. Uma colega começou a namorar um segurança da escola. Uma outra saía com o bedel. Eu, por ter sido o precursor, passei a ser respeitado. Era convidado para todas as festas. Claro, muitas colegas ficaram curiosas, perguntavam coisas sobre Kátia, como era, se era sério. Algumas me repreenderam, ela vai sofrer. Dei beijos em muitas colegas curiosas. Dei uns agarros. Dei uns amassos. Mas, no resto, eu era fiel à minha chapeira engordurada e gostosa.

Numa noite, decidi porque decidi que ela tinha que gozar. Tomamos um banho juntos. Deitamos num lençol limpo. Bebemos um vinho alemão gelado, daqueles de garrafa azul. Tim Maia na vitrola. Velas e o caralho. Passei mais de uma hora só beijando, abraçados. Passei meia hora passando a mão no seu corpo. Passei meia hora lambendo o seu corpo. Passei 45 minutos chupando sua boceta. Mais meia hora com dedos nela. Me deitei, abri os braços e falei:
"Agora, você me come. Eu não vou fazer mais nada. Você por cima."
Ela ficou em cima de mim. Mulheres adoram assim. Têm o controle, movimentam-se no ritmo certo, esfregam outras partes em outros pedaços.
"Feche os olhos. Coloque a sua mão em você. Aí, no peito. Agora, na barriga. Agora, ali. Isso...", indiquei.
Ela se cansou. Fiz a minha parte. Gozei, depois de retardar. Ela não.

Repetimos a dose num outro dia. E de novo no outro. E assim foi. Nada. Ela não gozava. E não se importava com isso. Dizia que era feliz assim mesmo, que me amava assim mesmo, que sentia prazer assim mesmo, que era bom assim mesmo. Quase perguntei ao seu pai se havia outros casos na família. Ou na comunidade. Preferi a biblioteca e a infinidade de livros sobre o assunto. Na boa. Ninguém explica o porquê. E me acomodei. Foda-se, ela não goza. Paciência, deixa ela em paz. Relaxe. Pau no cu.

E foi assim que ela gozou. Foi sem querer. Não planejei, não sugeri, nem aventei. Foi sem querer, numa posição invertida, ele foi entrando, entrou, continuamos e surpreendentemente ela gozou em minutos, tremendo todo o corpo, socando o travesseiro, mordendo o lençol, me olhando suplicantemente, não pare, não pare! Que coisa... Repetimos a dose num outro dia. E de novo no outro. E assim foi. Só queria aquilo, naquela posição. E durava minutos. E, agora, era eu quem ficava na mão, pois ela gozava e desabava, e eu não. Ela se apaixonou por mim de um jeito massacrante. Passou a se vestir caprichosamente. Pesquisou com as meninas da faculdade e passou a usar roupas das mesmas grifes. Aparecia de banho tomado, limpa, cheirosa, com a pele lisa. Passou a me beijar por cima do balcão da lanchonete. Passou a me dar presentes cafonas, coisas baratas, valeu a intenção, mas o que eu faria com aquilo? Passou a querer dormir comigo. Ela disse que não se importava mais com o que sua família iria pensar. Beleza. Mas quando eu pedia um hambúrguer, tipo, vai lá na cozinha, frita um hambúrguer, ela dizia, categoricamente:
"Não sou sua empregada!"

Claro. Tive de terminar. Dramaticamente: sumindo, no estilo vulgar e usual, universalmente conhecido e utilizado em circunstâncias emergenciais. Tinha de voltar a repartir com outras tanta energia e experiência acumuladas. Tinha uma missão na vida: trocar conhecimentos, expandir fronteiras, cruzar barreiras, arrebentar muros, atravessar guaritas. Terminei com Kátia, com "K", e ela, sim, ficou arrasada, perdida, mas com uma fila de novos pretendentes curiosos e marxistas.

Eu já não era o *boy* do meu avô. Era eu quem tocava sua firma.

Ele tinha quebrado o fêmur num tombo na calçada, deixou de aparecer por um tempo e voltou a trabalhar de bengala, dia sim, dia não. Dei um gás naquela firma, aumentei o faturamento, fechei novos contratos, cortei umas gorduras. Professora Clara Braga se orgulharia de mim. Mas meu avô não reconhecia o meu talento, lógico, continuava a me tratar como o seu *boy*, neto demente e cretino, pedia cópias, café, pedia para eu apontar lápis, que nunca eram usados, vivia me dando lição de moral, me chamando de incompetente, indivíduo sem futuro. Eu adorava aquele velho. Ele fazia umas burradas que eu tinha de corrigir quando ele não estava. Eu era o único da família que o suportava. Era seu mais íntimo amigo. E continuava a receber salário de *boy*, apesar dos negócios que eu fechava.
Depois do fêmur, ele quebrou a bacia, ao escorregar no banheiro. Deixou de trabalhar por meses. Chamei Cássio para me ajudar. Meu velho. Por isso, fui largando a faculdade. Estava mais interessado em importar numa vida espartana. E todo o lucro ficava para a empresa. Sim, paguei a Cássio o salário de um *boy* também. Ele, desocupado, ainda sem entrar numa faculdade de engenharia, arrumou o que fazer, pelo menos.

Mandei todo o pessoal embora. Claro: Cássio e eu trabalhávamos, e melhor, por todos. Aquilo virou nosso brinquedo. Praticamente nos mudamos pra lá. Acordávamos e sonhávamos importação. Nossa dedicação deu confiança aos clientes, que nos indicaram a outros.
De noite, organizávamos os arquivos, pesquisávamos preços, entregávamos pessoalmente presentes a clientes em potencial, cartas, um trabalho exaustivo de relações públicas. Focamos nossa atenção nos agentes alfandegários, da Receita e da PF, as

almas do negócio. Renegociamos caixinhas, para que nossas mercadorias furassem a fila.

Entramos num novo nicho, vinhos italianos, de que não entendíamos patavinas, mas sabíamos que os consumidores não se importavam com a qualidade do vinho, bastava ser italiano, mais barato do que os franceses, bastava ser importado, e, naquela época, o brasileiro tinha fixação por coisas importadas, de qualquer país, qualquer coisa. Comprávamos os vinhos mais baratos da Bota. Nem sabíamos se eram bons. Aumentamos mais ainda o faturamento. Pagamos impostos atrasados. Restauramos o pequeno prédio, sobrado em que havia um depósito no térreo e o escritório no segundo andar, de onde víamos o depósito por uma sacada de madeira trabalhada. Prédio tombado pelo patrimônio histórico. Toda a nossa energia foi transferida para os negócios. E imagine a energia represada de dois moleques importadores agora com 19 anos.

Um dia, meu avô apareceu numa cadeira de rodas empurrada por uma enfermeira grande, tedesca, autoritária como ele. Ela não quis ajuda para subi-lo pela escada. Travou a cadeira de rodas, agarrou-o pelo colo e subiu sozinha, sentando-o em sua poltrona preferida. Ele nos mandou um sorriso sacana. "Que mulher...", disse.
O velho estava apaixonado, era evidente. Me perguntou quem era o sujeito, Cássio. Fiz as apresentações. Ele não fez um comentário sobre o prédio reformado. Não fez um comentário sobre os novos móveis. Quando abriu o livro-caixa da firma e viu os extratos bancários, começou a rir, me olhava e ria, ria e gargalhava, relia e gargalhava mais, até engasgar, tossir, ter um acesso de tosse e tombar, com a cabeça sobre a mesa, desmaiado.
A enfermeira quase nos socou, nos culpando por aquilo.

Chamamos uma ambulância. Ele foi internado num hospital perto. Dessa vez, era um derrame, que paralisou o seu lado esquerdo. A família foi avisada. Ninguém apareceu no hospital. A tedesca não saiu do seu lado. Ficou três dias na UTI, recobrou a consciência e foi transferido para um quarto particular. Claro, não tinha plano de saúde nem nada. A empresa, sua empresa, pagou as despesas.

Seu advogado e amigo das antigas apareceu na firma. Visitara meu avô no hospital. Falava em nome dele, que foi atestado incapacitado para o exercício de suas funções. Meu avô propunha um acordo. Depositaríamos mensalmente uma aposentadoria razoável até a sua morte, e ele passaria a firma para meu nome. Claro, queria viver todos os dias assistido pela sua enfermeira fogosa. Queria tempo para ela. Expliquei ao advogado que tinha Cássio na parada, responsável também pelo faturamento expressivo. O advogado disse que eu poderia dar uma porcentagem do empreendimento, tornando-o meu sócio.

Bem, o prédio não valia nada, como tudo naquele bairro de puteiros, de putas novas, outras, que não me conheciam, porque assim é a vida destas meninas, sempre em movimento, numa reciclagem sem direitos trabalhistas. E a empresa? Antes de nossa atuação, também não valia nada, devia de impostos os tubos, mais do que seu valor real. Meu avô não me presenteava, mas fazia um ótimo negócio trocando um mico por uma gorda mesada.

Repensei na minha vida, teria de abandonar de vez o mundo acadêmico e virar empresário precoce. Cássio topou. Sim, acabei topando.

"Muito bem. Minha filha, que é minha estagiária, cuidará da papelada. E espero que nosso escritório continue a trabalhar para vocês", disse.

Um dia, *office boy*, no outro, empresário, dono do próprio nariz. Me lembrei de Clara Braga, tive uma recaída, ela e seus peitos pequenos, suas costelas aparentes, seu nariz arrebitado, seu cabelo tingido, sua vocação pelo dinheiro e seu ar de dona do mundo. Saudades. Mandei-lhe uma carta, contando as novidades, propondo um encontro. Com ela, um dos vinhos baratos que representávamos. Ela não me respondeu. Cuzona. Será que o vinho era ruim?

Comi uma ex-colega da USP pensando nela. Uma mulher magra, mais velha, que, gripada, nem tirou a camisa. Colocava a mão na boca ao espirrar, mas me beijava imprudentemente. Chupou meu pau. Pensei: posso não ficar gripado, mas meu pau vai. Pensei: podia amargar um sabático, ficar sem trepar, dar um tempo.

Sei...

A filha do nosso advogado apareceu para acertarmos a papelada. Mari. Que nome lindo. Mari. Só isso. Não era Mariana, nem Mariângela. Mari. Que rosto lindo. Que cabelo lindo. Que sorriso, nariz, olhos, queixo, ombros, mãos, braços, pés, pernas lindas. Que corpo... Mari. Terceiranista de Direito. Óbvio que não me deu o menor mole. Seu primeiro cliente, indicado pelo pai, não ia rolar. Trabalhava com uma dedicação árdua, atenta aos detalhes, procuração, contratos, cobrava por hora, fazia planilhas e mandava a conta no final do mês.
Nos reuníamos na minha firma. Ela expunha, exibia documentos, conferia-os linha por linha, eu mal prestava atenção, cogitava agarrá-la e beijá-la e dizer o quanto eu a queria. Ela jogava duro. Eu fazia perguntas pessoais. Ela era vaga e voltava ao trabalho. Perguntei seu signo, ascendente,

lua, horóscopo chinês, orixá, religião, time de futebol, livro preferido, filme, estilo musical, compositor, o que fazia nas férias, sua rotina. Eu me encantava, e me encantaria por qualquer resposta, libra ascendente qualquer porra, lua na casa do caralho, e sabia que era um caso perdido. Eu não me declarava nem nada. Ela não emendava o papo. Só o relógio corria.

Um dia, perguntei se tinha namorado. Ela parou. Opa. Me olhou. Disse que tinha um namorado, brigaram há poucas semanas, era um cara bacana, importante na sua vida, mas não deu certo. Ficou horas falando dele. Que tédio...
Claro, não cobrou por este período. Descobri ainda jovem que o papo constante da maioria delas é o ex-namorado. Como se isso nos interessasse. Talvez elas falem do ex para alertar o novo a não cometer os mesmos erros. Como se isso nos interessasse.

Um dia, deixei um recado na sua secretária eletrônica:
"Mari, obrigado, acho que o registro sai na semana que vem, mas eu aviso. Você gastou um tempo precioso comigo. Te devo um café. Onde é a sua casa? Se um dia eu estiver aí por perto, eu a convido. Beijos."

Café. Claro, por que acelerar? Começaríamos com um café. O depois é depois. Agora, sim, ela teria as pistas de que eu me interessava por algo mais. O recado era óbvio, não? Vago. Não saberia se, de fato, era um cliente agradecido ou uma cantada indefinida. Uma dúvida dessa é cruel para uma mulher. Elas são atormentadas pela curiosidade. E por etapas: analisam cada passo, palavra, gesto. Bem, três dias, não me ligou. Que merda. Temi perder uma advogada que, mesmo estagiária, organizava minha vida.

Mas ela ligou. Quatro dias depois. Deixou o recado na minha secretária:
"Luiz, andei fugida de casa, e seu recado ficou perdido. Adoraria uma visita. Avenida Heitor Penteado, 65, 14º andar. Um beijo."

Caralho, ouvi o recado várias vezes. Adoraria uma visita. Que lindo. Adoraria. Enfática. Não gostaria, mas adoraria. Um beijo. Beijo. Fugida de casa? Por quê? Por onde? Para uma praia deserta com o seu ex, o cara bacana? Curiosidade. Agora era eu o atormentado, analisando cada passo, palavra, gesto...

Eu e Mari saímos. Com seus amigos. Sempre muitos amigos. Muitas vezes. Cinemas, bares. Fiquei amigo de seus amigos, um degrau na maldita sedução: ser aprovado por sua maldita galera, comentar com ela sobre eles, achar eles bacanas, legais e desconfiar de que todos já a comeram, maldita. Levava Cássio comigo, para tirá-lo um pouco daquela rotina de importador em que tinha mergulhado. E para ter com quem falar mal dos caras bacanas.
Eu e Cássio fizemos parte daquela galera, estudantes todos. Nos incluíram nas listas de convidados VIPs de suas festas. Foi numa delas, depois de 20 vodcas, que me declarei. Mari fingiu surpresa, não queria misturar as coisas, saco, a ética, a porra do não envolvimento com clientes, mas ela estava solta na época, como eu, porra, caralho, por que não, calma, desculpe, bebi demais, ai, que merda, desculpe, nossa, é que estou completamente assim, você sabe, estou vidrado em você, Mari, mas se você não quer, tudo bem, eu me jogo debaixo de um trem, passa trem por aqui?, que pena, que merda, preciso ir embora, estou bebaço, mas vale tudo o que eu disse, queria dizer há dias, você me explicando os contratos, a procuração,

e eu só querendo te beijar, que droga, Mari, o que eu faço?, preciso chamar um táxi, desculpe, estraguei a sua festa, seus amigos estão olhando, não preciso de nada, só de um telefone, que merda.

Ela me levou embora. Me levou para minha empresa. Me ajudou a abrir a pesada porta de correr e a subir a escada. Me ajudou a deitar. Me ajudou a tirar os sapatos. E dormiu ao meu lado, no colchão de Cássio, que não estava, devia estar na festa ainda. Bem, ou ela tratava com carinho o seu primeiro cliente ou...
Cássio chegou, me acordou. Eu, bêbado ainda, mas não tanto. Ele e Verinha, que coincidência, a melhor amiga de Mari. Ela viu o carro da amiga na porta e resolveu entrar também. Verinha, uma gostosa, maluquinha, que gostava de beber, de rir alto, de falar e, pelos boatos, de trepar. Cássio se deu bem. Mari era a única sóbria dos quatro. Fizemos um café, colocamos músicas, papeamos, e a vida parecia perfeita: eu com a mina, e meu melhor amigo com sua melhor amiga. Depois do café, voltamos ao vinho italiano; era só esticar a mão. Verinha disse que aquele depósito era o seu paraíso e até perguntou se podia morar nele, se tinha uma vaga para vigia. Mari era mais contida, certinha, que é o que me deixava alucinadamente excitado, foder com aquela certinha, correta, exata e putamente ética. Deu detalhes sobre aquela firma, detalhes jurídicos, orgulhosa por conhecê-la melhor do que todos.
Claro, Cássio e Verinha se pescaram, se pegaram, se agarraram ali mesmo, entre caixas e caixotes. Eu estava sendo respeitoso com Mari. No máximo, tirei o cabelo de sua testa, e, enquanto o casal de melhores amigos se esfregava num colchão, eu e Mari continuávamos sentados na pequena copa, conversando amigavelmente sobre a porra da vida, e consegui pegar na sua

mão. Cássio e Verinha começaram a trepar. Ela, performática, gemia e gritava e falava que gostoso, vai, que delícia, como você é gostoso. Poderíamos ver se esticássemos o pescoço. Mas éramos discretos e bem-educados. Só não podíamos deixar de ouvir. A *performance* ao lado ia me dando um tesão medonho. Finalmente, me aproximei de Mari, fui beijá-la, mas ela virou o rostinho, que bonitinho, que saco!
"Puxa, você não quer?"
"Não é isso, Luiz."
"Você não gosta de mim."
"É que... Não sei se estou preparada."
Era estranho ouvir isso e ouvir a sua melhor amiga pedindo para o meu melhor amigo não parar. Primeiro, pensei, fiz a escolha errada. Depois, pensei, que nada, esta mina vai ser minha, e toda a jogatina é um prenúncio de que o melhor está por vir. O casal trepou, e eu e Mari trocamos carinhos românticos, olhares, sorrisos tímidos e três rápidas bitoquinhas na boca, para consumar o início de uma fodelança, espero, futura. E põe futuro nisso.

Mari ficou no "sim e não", no "não sei e sei", no "quero, mas não tenho certeza", no "gosto, mas não sei se podemos" por duas estafantes semanas. Semanas em que saímos com Verinha e Cássio, vimos eles se pegarem, ouvimos toda a maratona, e nada. Era de foder. Quer dizer... Mari dirigia seu carro, eu, do seu lado, e o casal insaciável no banco de trás, fazendo coisas que envergonhariam os pedestres mais pervertidos. Incrível, eu ficava totalmente contaminado pelo maremoto do banco de trás, e Mari passava as marchas no ponto certo, ligava o pisca-pisca antes de virar, só ultrapassava pela esquerda, diminuía a velocidade no amarelo e parava antes da faixa de pedestre, bem antes.

Mas ela quis. Quis num dia estranhamente comum. Surpreendente para uma mulher do tipo contida. Estávamos no banco, recadastrando a conta da firma, e ela era assim, continuava minha estagiária-advogada cautelosa, presente, acompanhando todos os movimentos e papéis, empolgada com nossa relação profissional. Estávamos na sala de um dos gerentes. Ele saiu para copiar os documentos, e ela, me olhando sorridente, orgulhosa por ter endireitado a minha pessoa jurídica, mudou de expressão de repente, passando a observar com outros olhares a minha pessoa física, e ela nunca tinha me olhado daquele jeito. Fiquei sem ação, até nossas pessoas físicas se atracarem sobre a mesa em que havia papéis da minha pessoa jurídica, e foi uma aplicação arriscada e mútua, nossas bocas se investiram, e ela investiu direto no meu pau, que cresceu positivamente, e eu investi no seu peito e fiz uma retirada para o pescoço. Ela me jogou de volta na cadeira, levantou a saia e se sentou no meu colo, procurando se encaixar. Cheguei a depositar o volume das calças entre as suas pernas, e ela o sentiu e o acomodou. Estávamos para sacá-lo para fora, quando o telefone começou a tocar. Eu ainda a agarrei, quando ela tentou se levantar. Ela me deu um beijo rápido e se recompôs. O telefone tocou. O gerente voltou. E nem se tocou que minha pessoa física indicava uma ereção monumental pela estagiária-advogada da pessoa jurídica.

Estranhamente, saímos daquele banco, e cada um seguiu seu caminho. Era horário comercial ainda. Meio expediente a ser cumprido. O que, para mim, tanto fazia. Mas, para a obstinadazinha, não. Voltei ao meu estabelecimento comercial, a pessoa física atormentava a jurídica: não consegui trabalhar.

Ridículo comparar o desempenho público e privado do casal Cássio e Verinha com o do casal Luiz e Mari. Porra. Os caras se pegavam em todos os cantos. No cinema, rolava de tudo, sim, boquete até, porque vi, enquanto Mari, comportada ao meu lado, discorria sobre o desempenho ou canastrice dos atores, a trilha, até sobre a projeção daquela merda de sala. Desconfiei que ela só se sentia atraída sobre papéis de pessoa jurídica. Invejei Cássio. Queria uma Verinha pra mim. Mas um cara como eu não sossegaria enquanto...

Numa noite, nos encontramos na firma. Estávamos a sós. Tá, claro, acabei encostando-a na parede:
"O que aconteceu?"
"Eu vi que você está com uma cara estranha. O que foi?"
"O que foi, pergunto eu."
"Como assim?"
"Mari. Como assim? Como assim?! Eu não te como."
"Por que ser grosso agora? Está cheio de vagaba por aí, se você quiser."
"Mas eu quero você."
"Mas eu estou confusa. Você está me pressionando."
"O que foi aquilo no banco?"
"Sabia que você ia perguntar."
"E não era pra perguntar?"
"Ah, sei lá, me deu vontade."
"E por que não te dá vontade outras vezes?"
"Você só quer isso de mim?"
"Claro que não. Quero tudo de você, inclusive isso."
"É complicado."
"Não é. Vem, me beija, me beija como no banco."
"Mas assim eu não consigo."
"E como você consegue?"

"O que eu sou pra você?"
"A mulher que eu mais quero."
"Você está dizendo que quer me namorar?"
"Demorou..."
"Então fala."
"O quê?"
"Que quer me namorar."
"Eu quero ser seu namorado."
"Agora pergunta."
"Quer namorar comigo?"
"Não sei. Você tem cara de galinha e é meu cliente."
"Ai, meu caralho."
"Tá vendo, você é tão grosso às vezes."

Que mina enrolada... Tá, vou resumir, esse papo durou toda a noite, essa mina era uma canseira, e por isso mesmo eu estava ficando cada vez mais louco por ela. Mas rolou. Enfim. Nesta mesma noite. É, ela deu pra mim, o que você imaginava? Me fez repetir que eu era seu namorado, que eu não iria traí-la, que eu não falaria mais palavrão, não seria grosso, não cantaria as suas amigas, não pegaria no seu pé, e toda essa ladainha que mulheres adoram ouvir, e que a maioria de nós promete em vão.

Trepar com Mari era sem graça. Quer detalhes? Que saco, me enchi desses detalhes, e falar dela também me enche. Sou obrigado, porque sua existência foi crucial. Nada da Mari do banco. Na cama, uma frágil donzela com ares de vítima de um defloramento consentido cometido pelo regente prometido num castelo de fadas. A palavra amor foi dita e soletrada várias vezes: "A-m-o-r". Bem, era normal demais, afetivo demais, emocionante demais, importante demais, inexpressivo demais. Meter com ela era como comer comida de hospital. Que pena. Eu insistia, buscava aquela que quase me engoliu em torno da minha papelada jurídica, mas nunca encontrava.

Mari, que virou namorada, que me dizia eu te amo, te adoro, estou tão feliz, nunca estive tão feliz, me beije, me abrace, poderia ter-se tornado a mulher da minha vida. Mas não se fica muito tempo com alguém que diz: "Vamos fazer amor".

Inércia. E arrependido por não ter sido tão amoroso com outras mulheres. Continuei representando seu namorado. Por quê? Me punir, como um viciado se obrigando a uma crise de abstinência. Me certificar de que os relacionamentos normais e saudáveis eram assim. E vivê-lo até esgotá-lo. Me certificar de que eu preferia os incomuns. Mas, naquela época, eu precisava daquele rostinho bonitinho, daquele corpo perfeitinho, daquele beijinho bem dado, daquele papai e mamãe bem encaixado, daquela meia-luz e clima romântico, daqueles carinhos calculados, daquelas carinhas certas de prazer, daqueles avisos vou gozar, daquelas sugestões vem junto, daqueles pedidos goza comigo, daqueles sorrisos felizes e dos indecentes eu te amo no final.

"Cássio, que cara é essa? Anda pálido e com olheiras."
"Meu velho, estou pregado."
"Quer uma folga? A gente não tem parado desde..."
"Não é nada disso!"
"Calma..."
"Desculpe, meu velho, foi bom você ter perguntado. Preciso de um conselho."
"O que foi? Fala, sou seu amigo."
"Eu não aguento mais a Verinha."

"Porra, mas a mina é uma..."
"Por isso mesmo, Luiz. Ela quer toda hora, todo o tempo, estou estressado, cara, imagine! Eu sei, é uma gata, mas a gente não conversa, não descansa, é uma atrás da outra, e ela gosta em todos os lugares, de repente, não consigo assistir a um filme, ela pula em cima de mim, e se eu não fizer, ela faz um escândalo, me chama de babaca, chora, cara, eu não aguento mais."
"Calma. Pense bem, Cássio, é o tipo de mulher com que todos os homens sonham."
"É nada. Eu prefiro uma mais amiga, mais instigante. Invejo vocês. Vocês conversam..."
"Conversar?!"
"Meu velho, vou falar uma coisa que vai te deixar puto. Eu sei, pode me xingar. Eu vou sair fora. Sei lá, vou me mudar, pensei muito, sou tão seu amigo que prefiro dizer a verdade, mesmo que isso acabe com a nossa... Cara, sou vidrado na Mari, vejo vocês, mas estou apaixonado por sua namorada e não paro de olhar pra ela, sonho com ela, fecho os olhos trepando com a Verinha pra pensar na Mari, e isso está me fazendo mal. Tá, pode me socar. Eu mereço."
"Puxa, Cássio. Que revelação..."

Tudo se encaixou. Acalmei meu amigo e propus a troca, claro. Que foi aceita, óbvio. Com surpresa, evidentemente. Traçamos um plano. Claro. Precisávamos envolvê-las numa trama. Cássio, eufórico: tirara um Jumbo das costas.
Eu precisava de um componente dramático para desatar o meu namoro, romper com uma promessa. Precisava que Mari me odiasse. Eu iria comer Verinha. Mari descobriria tudo. Cássio, idem. Um escândalo. Cássio, inconformado. Mari, arrasada. Os dois se consolariam juntos, perguntando-se: "Todos são iguais?".

Eu me livraria daquela relação e teria um animal sexual solto e culpado para me esbaldar. Ora, não era uma filha da putagem das grandes. Era um acerto para consertar o que começou errado. Uma acomodação das forças conflituosas. E a probabilidade de um final feliz era grande, não? Ou você faria diferente?

Eu sei, eu vou voltar pra Malu, afinal, este é o espinho. Mas preciso ir passo a passo. Parece que desprezo as mulheres, todas elas. Tanto não, que estou calmamente relatando cada caso, porque sei que, no fundo, elas me fizeram. Sou o que sou graças a elas. E respeito e amo meu criador, digo, minhas criadoras. Sou uma criatura moldada pela abrangência feminina. Aprendi tudo com elas.

Chegou o dia. Cássio e Verinha dormiam no depósito, num canto aconchegante cercado por caixotes. Era lá o dormitório deles improvisadamente instalado. Canto com colchão, armário, mesinha, luz, um quarto. Eu e Mari dormíamos na antiga sala de reuniões, transformada em quarto. Três da matina. A hora combinada. Cássio foi até a cozinha, sem acordar a namorada. Fui para o depósito, sem acordar a minha. Verinha dormia de bruços, com uma camisola leve, solta. Estava escuro. Deitei ao seu lado, passei as mãos nas suas costas, na sua bunda, tinha um corpo mais firme e formado do que Mari, tinha uma bunda maior, peitos maiores, era uma tremenda gostosa, queimadinha, enquanto Mari era branca, subi nela, que acordou, mas prosseguiu sonada de olhos fechados, e enfiei nela, que gostou, me pegou e começou a gemer, a se mexer, a entrar no ritmo, até ela se virar, ficar de frente e me beijar, me lamber, me unhar, era escuro, mas àquela altura os vultos ganhavam forma, seus olhinhos semicerrados, era para haver barulho, e houve, era para Mari acordar e não me ver ao seu lado, mas ela não acordava, era para Cássio estar na cozinha, mas vi a sua sombra, ele estava escondido na sacada observando tudo, e era para Verinha me ver e dar o alarme, mas não sei se ela via quem era, desconfiei que via, e ela curtia, danada, que gostoso, vai, delícia, vem, tesão, tesão... Como de hábito, gritou muito até gozar. Desmaiou de sono. Nada da Mari. Nosso plano não vingou.

"Sei lá, meu velho, ela gostou de você."
"Mas ela sabia que era eu?"
"Sei lá. O que você acha?"
"Sei lá, Cássio. Ficou com ciúmes?"
"É, foi estranho."
"Você viu tudo."
"É, vi. Fiquei vendo."
"E ficou chocado?"
"Sei lá."
"Pode falar. O que você ficou fazendo?"
"Tá, eu falo, você é meu amigo. Me deu tesão. Um puta tesão. Fiquei batendo uma punheta enquanto vocês trepavam."
"Você é doente."

Na noite seguinte, foi diferente. Desligamos a chave geral. Jantamos à luz de velas, bebemos e fomos cada um para o seu canto com a namorada. Tudo armado. Começamos a trepar com nossas garotas, interrompemos no sinal combinado, um espirro meu, demos a desculpa de que precisávamos apagar as velas acesas na cozinha e trocamos. Nos cruzamos rindo pelo corredor. Entrei no depósito, continuei o que Cássio estava fazendo, e ele entrou no meu quarto, para continuar o que eu fazia. Depois, trocamos de novo, voltamos à normalidade.

Elas não descobriram. Ou, se descobriram, não falaram nada. Como éramos doentes...

"Porra, cara, como a Mari é gostosa, não sei por que você reclama tanto."
"Você a beijou?"
"Não. A gente tinha combinado. Peguei ela de costas. Ela queria virar, mas eu não deixava."
"É, eu conheço, ela tenta sempre o papai e mamãe."
"Mas ela é lisinha, branquinha, tem uma bundinha bem certinha. E geme baixinho, respira ofegante, goza sem dar um pio, safada. Porra, desculpe aí, cara, é a sua namorada."
"Tudo bem."
"E você?"
"Cássio, a Verinha é demais. Não sei por que você reclama tanto."
"É, eu ouvi."
"Continuo desconfiado de que ela sabe."
"Será?"
"Beijo é foda, é a marca de um homem."
"Mas é aí que tá, ela fica tão envolvida no próprio tesão que nem presta atenção no outro. Verinha é foda, só pensa nela."
"Sei não. Pra mim, ela sacou e está se divertindo."
"Então, ela está me passando pra trás, conscientemente."
"Deliberadamente."
"Que vaca!"
"Que mulher..."

Numa outra noite, repetimos a dose. Verinha, como sempre, exibiu a sua *performance*, me encheu de beijos, me lambeu todo, me mordeu, me arranhou, e gozamos rápido. Desmaiou. Dei um tempo. Voltei para o meu quarto. Eles ainda não tinham terminado. Abri a porta devagar e vi, apesar da escuridão. Ela estava de quatro, ele por trás. Ela agarrava um travesseiro, mexia o traseiro, rebolava, erguia mais, ia e voltava, ela não fazia assim comigo, nunca fez isso comigo.

"Meu velho, você ainda está desconfiado de que a Verinha sabe?"
"Cássio, ela sabe, ela consegue me ver na escuridão, ela me beija, sente o meu hálito, ela me lambe, meu corpo é diferente do seu, minha pele é diferente."
"A Mari não sacou."
"Tem certeza?"
"Ela fica falando o seu nome baixinho."
"É? Que estranho."
"O que é estranho?"
"Ela nunca fala o meu nome."
"Tem certeza?"
"Eu vi vocês trepando."
"É, eu saquei."
"Cássio, ela gosta de você."
"Como assim?"
"Ela se entrega mais."
"Ela pensa que é você."
"Tem certeza?"
"Sei lá."
"Ela ficou falando o meu nome, é?"

De dia, trabalhávamos. De noite, saíamos. Antes de dormir, apagávamos as luzes, começávamos a trepar, trocávamos e acabávamos com a do outro. Quem acabava primeiro, assistia ao final da outra. Cheguei a ouvir Mari repetindo o meu nome baixinho. É, com ele, ela se entregava mais. Sempre desconfiei de que Verinha sacava tudo. Porque ela abria os olhos, ela me via no escuro, ela sentia a minha pele, acariciava o meu corpo, e eu não era Cássio, nem de longe nos parecíamos. Este escambo era pra lá de estimulante. Para todos. E não tocar no assunto e fingir que havia limites era mais ainda. Tínhamos 19 e 20 anos. Nessa idade, experimenta-se. Claro que Verinha sacou. Claro que Mari sacou. Claro que deviam falar sobre isso a sós. Claro que concordaram com a troca. E claro que o tempo aumentou o tesão de todos. No cinema, eu ficava de mãos dadas com Mari. No restaurante, eu pagava sua conta. No carro, eu ficava ao seu lado. Na hora de dormir, íamos juntos para o quarto. Mas, quando os corpos se absorviam, eu não era eu. E Mari se excitar com um não eu era uma novidade que aumentou o meu tesão por ela, mas...

"Meu velho, vi ontem no cinema que você e Mari ficaram de mãos dadas."
"Que é isso, Cássio, ela é a minha namorada!"
"É?"
"Ficou com ciúmes?"
"Sei lá, cara, eu me envolvi, estou apaixonadão por ela."
"Você está apaixonadão por alguém que, quando você trepa com, pensa que sou eu."
"Ela sabe que sou eu. Você sabe disso."
"Cássio, eu sei que a Verinha sabe que sou eu. Não sei com certeza se a Mari sabe. Ninguém sabe."
"E não está na hora de ela saber?"
"Pode ser, mas pode estragar tudo. Não está bom assim?"
"Não. Eu quero ela só pra mim. Quero namorá-la."
"Ela vai descobrir o seu envolvimento direto nesta trama e te odiar."

"Ela sabe que sou eu e tem colaborado."
"Mas ela diz o meu nome."
"Mas não dizia antes."
"Por que ela não diz o seu nome?"
"Sei lá. Isso tudo é uma loucura. Tem coisa que não tem resposta."
"O que você propõe?"
"Liberar. Hoje, eu fico ao lado dela no cinema, pego na mão dela, namoro ela e vou pra cama com ela. E você fica com a Verinha."
"Pode estragar tudo."
"Prefiro arriscar."

Arriscou porra nenhuma. Bem, na verdade, deixaríamos elas tomarem a decisão. No boteco à noite, se sentariam e dariam mais atenção a quem acreditassem ser seu namorado. Mari grudou em mim. Verinha, nele. Mari comentou comigo sobre os filmes em cartaz, e Verinha colou no pescoço dele. Mari falou da situação do Oriente Médio, do livro sobre o budismo, sugeriu conhecermos o novo restaurante tailandês, a que fomos, e Verinha queria trepar na praça do Pôr do Sol. Era o que o afligia. Ele queria toda a dinâmica de um namoro, queria papinhos ao pé do ouvido, queria entender a situação do Oriente e Ocidente, estava apaixonado, queria emendar, mas só comia, enquanto ela pensava que era eu. Se bem que, àquela altura, já desconfiávamos de que elas sabiam. Se elas sabiam, por que faziam? Eram mais ousadas do que nós. Porque elas faziam fingindo que não sabiam. Descobrimos que estavam passos à frente, o que se tornou uma grande lição: a mulher, quando quer, tem forças para arriscar, atirar-se, simulando que é frágil e insegura.

Num dia, a dúvida se foi. Porque fizemos a troca no pico da madrugada. Porque dormimos pesado depois de enxugarmos garrafas de vinho italiano. E porque, sem querer, bêbados, não desfizemos a troca, e eu acordei ao lado de Verinha, e Cássio, ao de Mari. E o que aconteceu? Nada. Nenhuma palavra. Tomamos café juntos, como se o mundo não tivesse saído do eixo. Elas sabiam, sempre souberam e toparam aquele nó. Eu tomava o café olhando os movimentos de Mari. Safada, você sempre soube, com este arzinho ético, formal, de menina fina, elegante. Eu tomava café, e uma paixão afiada nascia. Renascia. Por Mari. Que menina. Que mulher. Que duplicidade. Bem, Mari, agora eram dois apaixonados por você, e sua amiga Verinha, que, de longe, parecia a melhor mulher da cidade, era tão opaca.

"Cássio, queria te pedir um favor. Eu queria dormir com a Mari hoje. Ela é a minha namorada. Bem, nem sei o que ela é."
"O que é isso, seu tarado?! Ela é minha agora."
"Mas a gente oficializou a troca?"
"E você acha que precisa?!"
"Não fique bravo comigo. Eu cedi ela pra você."
"Ela não é sua camisa, senhor Luiz. Ela se cedeu pra mim. Ela quis. Hoje de manhã ficou provado que ela sabia. E consentia."
"Mas dizia o meu nome enquanto trepava."
"Para me dar mais tesão."
"Que loucura."
"Que loucura você querer ela de volta. Agora, não dá. Não dou."

Me arrependi de ter entrado nesse jogo. Enquanto Mari e Cássio, à noite, beijavam na boca, comentaram sobre os filmes

em cartaz, a situação do Oriente Médio, o livro sobre o islamismo, sugeriram o novo restaurante vietnamita, Verinha me agarrou, me beijou e quis trepar num cemitério. No carro, era Cássio agora quem ia ao lado da motorista, Mari. Eu e Verinha, no banco de trás. E Mari passava as marchas no ponto certo, dava o pisca antes das curvas, diminuía no amarelo e parava antes da faixa, discorrendo sobre a diferença entre o cinema dramático e o melodramático, enquanto Verinha não largava do meu câmbio, ria e perguntava no meu ouvido:
"Alguém faz um boquete melhor do que eu?"

À noite, ouvi Cássio e Mari treparem. Ela gemia. Gemia se contorcendo. Ela gemia rezando, cantando. E quando Verinha perguntou se ela era mais gostosa do que Mari, mandei de bate-pronto:
"Sossega!"
A mina me xingou, me empurrou, começou a se vestir, e eu disse aquilo porque doía o meu coração, num ciúme nunca antes anunciado. Verinha disse que ia embora, pegou sua bolsa e nem tchau. Fiquei por instantes entre continuar parado escutando, interromper aquele ato na porrada, repetindo eu acho que não amo mais ninguém além de você, ou ir atrás de Verinha, pedir desculpas, aquela coisa.

Fui atrás de Verinha. Entrava num táxi. Agarrei-a ainda na calçada, mandei o motorista partir e a fiquei abraçando no meio da rua, pedindo desculpas, beijando-a, dizendo o quanto ela era linda e gostosa e que tinha o melhor boquete da cidade e bunda, peitos. Eu queria trepar com ela ali, encostada num poste. Pediu para irmos tomar uma cerveja. Fomos a pé, num dos botecos dali, em que há putas, taxistas, tiras e japoneses. Verinha chamava a atenção. Era uma puta gostosa. E linda.

Estava com os olhos vermelhos. Bebendo e fumando, largada no balcão, disse:

"Ela sacou que você não gostava mais dela. Eu saquei que o Cássio não gostava mais de mim. Mulher saca. A gente quer ser paparicada diariamente, quer que o cara diga que é a mais linda, a mais gostosa, a perfeita. Vocês não dizem, mas fazem a gente se sentir. Faziam. Você anda estranho. Você ainda gosta dela e se arrependeu. Tudo bem. Ela é toda sabidinha, melhor aluna. Mas é tudo pose. Odeio vocês. Chega. Vocês são uns babacas."

Enxugou o último copo, depositou-o no balcão, deu as costas e se foi. Verinha. Nem disse até logo, nem nada. Foi, e nunca mais. Foi ela quem teve a coragem de quebrar a corrente. Fiquei arrependido. Já sentia saudades dela. E já sentia a maior solidão. Marquei. Perdi a mais gostosa, tarada e um dos melhores boquetes da cidade. Que idiota. Eu.

Em uma semana, eu voava pra Itália, dar um tempo, deixar o campo livre para meu melhor amigo. Aceitara o convite de nosso fornecedor de Vêneto para conhecer a sua vinícola em Verona. Eram as minhas primeiras férias em um bom tempo. E Cássio sorriu desajeitado quando anunciei a decisão. Por se ver livre de mim temporariamente. Mas disse que ia sentir saudades e o caralho. Mari quem me levou ao aeroporto. Que amiga...

Passei uma semana hospedado na casa dos Donatonni, casa de alguns séculos, vários quartos, em que moravam muitas pessoas. Fabricio era meu cicerone. Simpático, falante, fã do futebol brasileiro. Namorava a filha mais velha do patriarca. Contou que as mulheres de Verona tinham a fama de melhores boqueteiras da Bota, e as da Sicília, a do melhor sexo anal. Fiquei chocado. Minha avó era siciliana.

Falando em filha. Meu hospedeiro, senhor Guido Donatonni, tinha uma de 16 anos. Abusadamente linda; quase uma aberração. Vivia grudada com uma amiguinha também de 16 também absurdamente linda. Itália... As duas não paravam de me olhar e sorrir. E rir. Eu, a novidade. O brasileiro misterioso, diferente, exótico. Ponderavam se eu tinha no corpo os hormônios de um dançarino flamenco. Ou de um tangomaníaco. Ou de um passista alucinado. Ou de um fenômeno tropical. Eu ponderava e considerava outras qualidades: já boqueteiras? Espere. Eram "de menor" e filhas do meu maior fornecedor. O dilema estava escrito. A tensão, construída. O tesão, estabelecido. E tinha daquilo: se catar, qual?
A filha, moreninha de olhos azuis, pele branca, refletia mais timidez. A amiga, mais loira, mais safada, desinibida. Aparentemente, a família sabia que rolava tal libido pelas vinhas, porque nos deixavam muito a sós pelos campos de dia e pela sala de TV de noite, em que ficávamos no mesmo sofá, procurando entender o que o outro dizia, rindo maliciosamente, encostando-se, e sei que encostar numa menina daquela idade é como lhe dar choques. E era um tal de pegar o controle passando por sobre o outro. Era um tal de encostar a perna na da outra. Eram quase crianças ainda. E quase mulheres já. Nos buscávamos. Nós brincávamos. E, nas brincadeiras, o sexo estava num envelope sem cola.

Me levaram pra conhecer Verona. Lá, uma praça deserta com brinquedos de criança: balanço, tanque de areia, escorregador, gangorra... Fizemos a aposta. Eu de um lado da gangorra conseguiria levantar as duas do outro lado. Ganhei. Fizemos outra aposta. Uma delas, de um lado, conseguiria levantar sua amiga comigo do outro lado. Bem, foi aí que a sacanagem comeu solta. Eu me sentava no canto da gangorra, e uma de-

las se sentava comigo. Quando a amiga tentava nos levantar no outro lado, a que estava comigo fazia peso, juntando-se a mim, quase no meu colo, encostando sua bundinha no meu pau, no meu pau já duro, esfregando-se nele, rindo tensa, para vencermos a competição. Depois, trocavam. E vinha a outra, com a sua bundinha de 16 anos, sentando-se encaixada, com toda a carne fresca possível envolvendo o meu pau, elétrica, eufórica, fazendo peso, para impedir a outra de nos levantar, e quanto mais na borda estivéssemos, quanto mais juntos, grudados, mais difícil era perdermos a aposta.
Evidente que não experimentávamos a física newtoniana, mas a anatomia ítalo-brasileira. Pesquisávamos. Também não brincávamos de gangorra. Ninguém tinha mais idade pra isso. Era uma masturbação sem ser. Uma pegação. Um idílio inocente. Quer dizer... Inocente? Elas sabiam o que estavam fazendo. E eu me aproveitei da curiosidade alheia. Meu pau foi cutucado, esfregado, amassado, examinado, curtido por aquelas pequenas bundinhas. E sempre quando eu estava para gozar, elas trocavam. Puxa, então é assim, a mulher tem um tesão monstro desde cedo, sabe onde está o segredo, sabe como explorar, sabe colar nele, sabe a força da fricção, quer, adora, mas, até aí, para conhecê-lo totalmente, demora, um caminho cheio de atalhos e barrancos.

Ficamos só nisso. Nos dez dias em que passei naquela vinícola, quase não experimentei a uva, mas me esbaldei: duas frutinhas que me viram tomar banho pelo buraco da fechadura, que me viram dormir de cuecas pela fresta da porta, que me fizeram vê-las desfilarem com todas as suas roupas, que me pediram para levantar zíperes das partes traseiras de seus vestidos. Uma delas saiu uma vez do banho só de toalha, passou pelo meu quarto e, sem querer, deixou cair a parte de cima, me mostrando sem querer, tá bom, seus peitinhos. A outra tinha peitos maiores e, antes de dormir, aparecia com uma camiseta apertada, sem sutiã, para me dar um beijo de boa-noite. E os beijos de boa-noite sempre eram grudentos e a centímetros da boca. Tá...

Eu disse frutinha?

Ninguém me pagou um boquete em Verona. Mas foram dias de excitação nebulosa. Quando fui embora, elas não saíram do quarto para se despedir. Só quando entrei no carro, e ele começou a andar, elas vieram, com os olhos vermelhos, correndo, dar um último adeuzinho. Tchau, *ragazzo*.

Fui com Fabricio de carro até Milão. Ficamos quatro dias conhecendo a cidade. Em Milão, não tem muito o que fazer. É como fazer turismo em São Paulo. E os hotéis lotados. Havia a feira de móveis, a famosa feira que abarrota a cidade. Ficamos num pequeno hotel de bairro onde, no quarto ao lado, duas prostitutas gordas e mais velhas se revezavam, atendiam aos clientes, faziam um barulho desgraçado numa cama que rangia e gritavam "Mamma mia!", "Porca Madonna!", para todos os clientes, sempre no mesmo tom e ritmo. O hotel não era um treme-treme. Durante o dia, muitos hóspedes numa sala assistindo à TV e as duas passando com seus fregueses. Era um atrás do outro. Que energia... Grande devoção ao trabalho. O que me inspirou: eu deveria me dedicar mais ao trabalho.

Como alguém vai à Itália e só relata o que lhe deixa de pau duro? Não me interesso por igrejas, museus, arquitetura, culinária, paisagem? Preciso procurar um especialista? Preciso mudar, me acalmar, ver a vida de outra forma, viver um período casto? Será que minha doença tem cura? Ou será que isso passa, depois dos 20 anos? Ninguém me pagou um boquete em Verona. Nem em Milão. Fui tomar sorvete na galeria Duomo, o melhor sorvete do mundo, dizem, fui conhecer a universidade e o castelo Sforzesco, vi o Scala por fora, andei na praça em que Mussolini foi pendurado e o amaldiçoei, cuspindo no chão, imitando Fabricio. Não conheci a mulher italiana. Nem a paga.

Duas notícias incríveis na volta. Uma, Mari e Cássio tinham se mudado, moravam juntos agora, casados, até que a morte os separe. Cássio rompeu a sociedade. Duas, o governo brasileiro, em mais um plano econômico daqueles, me levou à falência. Ninguém comprava meus produtos, ninguém importava outros, eu não conseguia crédito e não tinha um puto. Não conseguiria cumprir o acordo com o meu avô. Deixei de pagar a sua gorda mesada. Não deu outra. O próprio, em uma visita à sua ex-empresa, com a enfermeira tedesca de guarda-costas, na verdade, sua nova mulher, deu a ideia, incomum para um homem com o seu caráter e nome a zelar:
"Ora, por que você não trabalha com uma mercadoria de grande demanda, barata, pagamento à vista e em dinheiro? Instale divisórias de madeira neste depósito, compre algumas camas de campanha, com colchões finos, e contrate a mão-de-obra aí da rua. Mas não conte nada para o cretino do seu pai e do seu tio. Nem diga que fui eu quem teve a idéia. Faça na surdina, ganhe um bom capital e deposite a minha mesada. Você entendeu? É, isso mesmo, faz disso aqui um puteiro."

II

Voltei ao Brasil pensando em mudar de vida. Fui forçado a mudar. Não transformei a empresa que meu avô gerenciou por décadas num puteiro. Era um prédio tombado pelo patrimônio histórico, restaurado. No alpendre, um brasão em alto-relevo indicava o ano de sua construção: 1928. Para São Paulo, antigo como uma ruína romana. Tinha história.
Fiz o que um cara faz quando, aos 20 anos, leva na cabeça uma bela falência: voltei a estudar. Administração. Na GV. E sobrevivia graças à boa vontade dos Donatonni, que me mandavam caixas de uma safra especial de seu Valpolicella, apesar de eu não ter crédito para pagar nem o frete. Me perguntei se eram aquelas duas pequenas veronenses que as despachavam. Me perguntei o que eu faria quando crescessem. Nada. Eu seria apenas aquele garoto mais velho de quem, num verão, elas se aproveitaram. E logo estariam namorando *ragazzi* narigudos, com cabelos alinhados, bem-vestidos, voando sobre lambretas. E logo descobririam que o Brasil é no fim do mundo, e que os homens brasileiros são o fim da picada, bem, nem todos, a maioria. Bem, eram. Novos tempos. Aprendemos.

Encontrei sem querer um novo ramo para investir. Sou até que abençoado para negócios. Muito simples. Precisavam de um "espaço transado" para a festa de boas-vindas aos calouros. "Espaço transado." Jovens... Ofereci o predinho tombado em que eu ainda morava. Ideal para festas. Fácil de estacionar. No depósito, pista de dança. Na administração, bar, chapelaria, banheiros, uma pequena copa. E transado. Rolou.
Claro, não ficamos só na primeira festa. Vieram outras, de outras turmas, para outras ocasiões. Primeiro, emprestei. Depois, cobrei as despesas. Depois, cobrei aluguel. Aluguei ainda para festas de aniversário de colegas, de amigos de colegas,

de amigos de amigos de colegas transados. Com a grana, fui ajeitando o depósito, dei um tapa na acústica, sinalizei rotas de fuga, instalei luzes, comprei um equipamento de som potente. As cadeiras eram antigos caixotes de vinhos. Contratei gente ali da rua: um segurança, uma chapeleira, duas garçonetes, claro, gatinhas. Sim, eu era o DJ, e ganhava mais um troco discotecando. A coisa foi pegando. Não sei quem o apelidou de "1928".

Chamei Cássio de volta, o que ele topou de cara, já que esperava o primeiro filho e não tinha ainda emprego. Sua mulher, minha amiga Mari, sim, ela, cuidou da papelada, registrou o nome, abriu outra empresa, aprovou alvarás. Um ano depois da minha falência, eu administrava um outro negócio, inaugurando um novo *point* na cidade, o Espaço 1928. Boate? Discoteca? Danceteria? *Club?* Nada disso. "Espaço": amplo, subjetivo e seguro. No mais, os caras com grana não colocavam os pés naquele bairro deteriorado. Meu foco era uma gente mais alternativa. Aliás, uma galera mais alternativa. Transada. Universitários. De esquerda. Que passavam o verão no litoral baiano. Que se vestiam como se estivessem ainda na década de 1960. Que lamentavam não ter lutado contra a ditadura, que não sabiam contra quem ou a favor de quem lutar, que fumavam maconha, mas detestavam cocaína, que tomavam ácido, mas evitavam anfetaminas, e que faziam yoga com "y", sabe o tipo? Tipo que gosta de à noite ir a "espaços". Em pouco tempo, tive de contratar mais gente, outros DJs. E mais garçonetes gatas. Empresário-modelo: empregava pessoas. Aprendi na marra alguns dos muitos truques da noite. Quer saber? Uma porção de pastel deve ter três, cinco ou sete unidades, sempre ímpar. Porque sempre sobra um no final, quando é casal ou mais. Um constrangimento cai diante daquele solitário pastel. Quem vai comê-lo? Quem vai deixar de comer? Se eu comer, o outro fica com um a menos. Mas, se eu não comer, eu que me fodo. *O.k.* Pede outra porção. Quer mais? O salgado é barato. A bebida, cara. Sal dá sede. Bom, e as garçonetes gatinhas eram para brilhar nos olhos dos meninos carentes. Tinham a esperança de namorá-las. Sei lá se conseguiam. Elas eram um chamariz: rapaziada solteira rodava sem sucesso pela noite e acabava por lá para chorar mágoas nos ombros de minhas meninas; ou rapaziada solteira rodava sem sucesso pela noite e acabava por lá porque minhas meninas eram melhores do que as minhas (e de outros) clientes. Garçonete gatinha é uma apelação, uma extorsão.

Às quartas, eu me entupia de dinheiro. Em quase todas as cidades é assim, e a origem dessa dinâmica é um mistério: elege-se um lugar para se ir numa noite da semana. Elegeram a minha quarta, um dia que abarrotava por causa de uma bandinha de *funk* bacana, que se apresentava num palco improvisado, entrava à uma da matina, tocava uns sucessos e composições próprias. Nos outros dias da semana, enchia. Mas, na quarta, podia cair um meteoro na Terra. A fila dobrava a quadra. Se o mundo acabasse, deveria ser na manhã de quinta. Eu ganharia rios de dinheiro na última noite.

E gastaria com o quê? Que raciocínio estúpido...

Desta vez, durante o curso da GV, não me vesti de mendigo nem de executivo. Não quis chamar a atenção. Não quis nada. Era dos poucos que trabalhavam e, pior, ganhavam bem. Era um empresário precoce da noite. Mulheres gostam do tipo. Do tipo que tem experiência com o mundo-cão, convive com tipos bizarros, vaga pelos sigilos da noite, é amigo de leão de chácara, trafica, delega, puta e o escambau.

Especialmente mulheres alternativamente burguesas alunas de Administração. Meu portfólio estava armado. Minha tenda também.

E a vida continua...

Marta fazia mestrado. Magra, cabelos longos e ondulados. Eu andava com a turma, digo, galera mais alternativa da faculdade, digo, facu. Marta era alternativa. Tinha uns, sei lá, 27 anos? Fez a graduação e fazia pós na GV, conhecia todos, conhecia a escola havia quase uma década, era uma cria dela. Era magra, morena, com uns cabelos... Já disse isso?
No primeiro ano, eu era apenas o cara do galpão das festas. E não era tão imaturo como a maioria dos meus colegas, que beiravam os 17 anos, tinham acabado de sair da escola e moravam ainda com os pais. Mas aconteceu algo que indicou que, sim, eu era ainda um fiapo no emaranhado tricô das relações. E foi com Marta.
Ela andava com os calouros. Gostava disso, ser uma experiente aluna na turma dos espantados com a nova vida. Era casada. Mas seu marido morava em Curitiba. Sua casa era lá. Ela fazia mestrado aqui e viajava nos fins de semana. Morava aqui numa espécie de república de mestrandos.
Estávamos numa festa de um calouro. Uma casa quase sem móveis. Inauguração de uma república. Som na sala e cerveja ao léu. Eu não dançava. Mas bebia como um cachorro. Todos bebiam. Cachorros bebem? E conversava com Marta numa outra sala. Com Marta e uns amigos, sentados no chão. De taco. Sentados e deitados. Largados. Prostrados naquele fim de festa. Minhas calças eram largas. Ou eu emagrecera bastante. E não usava cuecas. Marta se divertia, porque, deitada ao meu lado, via o que havia dentro da calça, já que levantava um vão

entre o tecido e a barriga. E estava mole. Pau mole de bêbado. Olhava e olhava sem nenhum acanhamento, vergonha. Que sem-vergonha. Ele estar mole a perturbava. Então, ela enfiava rapidamente a mão, cutucava-o e tirava. Olhava a reação e ria, porque o pequeno crescia aos poucos, virava gente grande. Enfiava, cutucava e tirava. Mulheres adoram isso. Adoram aquele membro diferente, que reage aos poucos, que cresce e diminui, dependendo da própria. Marta só sossegou quando ele reagiu completamente, aumentando o vão da calça, ficando parte para fora. E ria e mostrava para as amigas. Nunca entendi aquilo. Queria mostrar o volume de um cara de 21 anos para as amigas mais velhas? Ou queria mostrar do que uma mulher é capaz?

Fomos embora de carona. Ela ia ser deixada primeiro. Saindo do carro, me perguntou se eu não queria entrar. Claro. Casa térrea, com um muro alto. Ela disse que não havia ninguém. Escura. Não sei por quê. Ou não acendemos as luzes, ou havia poucas lâmpadas, não me lembro dos detalhes, estávamos muito bêbados. Me lembro de estar trepando com ela numa cama muito estreita para quem era casada e até mesmo para os padrões da época. Foi muito rápido tudo. Estávamos nus, trepando, papai e mamãe, na cama encostada à parede, quando olho e vejo três grandes fotos penduradas, três grandes fotos de um cara, perguntei, trepando, quem era?, ela disse, sem titubear, que era o marido, e, enquanto trepávamos, eu a olhava e as olhava e me deprimia, não por ser uma mulher casada, ora, já tive minha experiência com senhora Braga, de um seu Braga, doutora Clara Braga, casada com um filho da puta do bem, humanista de esquerda, que são os piores filhos da puta, mas era ali, um cara com cara de gente fina, um cara simples, provavelmente batalhador, dando duro em Curitiba, enquanto sua mulher dava pro duro por aqui, eu trepava e olhava cada

vez mais concentrado nas fotos, e constrangido, imaginei, deve ser um intelectual, um estudioso, um cara que gosta de livros, um cara que gosta de *rock*, um cara que, em começo de carreira, ganha pouco ainda, mas tem um trabalho digno, cara, desculpe aí, mas vou gozar, é, na sua mulher, foi mal... Porra, não deu outra, gozei muito rápido, um gozo sem gosto, quase precoce, e Marta deve ter pensado, puxa, estes meninos são foda, sempre gozam antes e rápido, não esperam, não veem a outra, não sabem. Meninos...
E o que aconteceu? Marta começou a roncar. Dormiu instantaneamente assim que gozei. Isso nunca tinha me acontecido. Dormiu pesadamente. Eu ainda dentro dela. Cogitaria estar sobre um cadáver se não fosse o ronco. Que incrível mecanismo era aquele? Trair e dormir em seguida. Como se um soldado no *front* em vez de pensar nas possibilidades caísse no sono. Pensei se ela não fazia isso em todos os anos, trepasse com um calouro, ou se até não fazia parte do trote, o sexo de Marta. E, repugnada, dormia profundamente. Tentei acordá-la. Marta. Marta! MARTA! Só roncava. De propósito? Foi tão ruim que queria me ver longe? Fingia que dormia? Mas ninguém finge que dorme roncando. Nem virou de lado nem nada. Nua, com as pernas abertas, um sorriso satisfeito, olhos bem fechados e roncando.
Me sentei na cama em dúvida e decepcionado. Me senti abandonado. Eu tinha pique para continuar, conversar, descrever o que houve, o que vimos. E fui ficando puto. Eu deveria ter dado um tempo, xeretado suas coisas. Lá vou, tomar uma água ou um banho, andar pela casa, ligar o som ou acordá-la com veemência, ou até comê-la de novo dormindo, ou até virá-la de costas e comê-la por trás dormindo, ou até enfiar o meu pau em sua boca dormente. Mas a cada minuto eu estava mais puto e ciente de que meu lugar não era ali.

E fiquei só sentado na cama, revezando nela nua desmaiada e nas fotos na parede. Me vesti e saí fora. Mas a porra da porta estava trancada. E a chave, desaparecida. Abri a janela, fui pro quintal e pulei aquele muro alto, como um ladrão, ladrão do prazer de outro, do cara gente boa. Nenhum bilhete. E imagino até hoje o que se passou pela sua cabeça quando acordou e não me viu ao seu lado. Que babaca. Que moleque babaca. Como são babacas estes meninos, e por que eu faço isso?

Nos vimos outras vezes na facu. Nunca tocamos no assunto. E nunca mais trepamos. Eu até toparia, mas não houve brecha.

Eu deveria ter comido ela de novo naquela noite. Mesmo que ela não acordasse. Até para esclarecer. Mas, nada. E só descobri que pra ela não tinha sido das piores quando sua melhor amiga, Paula, quis também. Me quis também. Me comeu também. Rapidamente e sem envolvimento. Paula tinha minha idade. Não sei por que era amiga de Marta. Não tinham nada a ver uma com a outra. Mas eram amigas confidentes, pelo jeito. Para Paula, Marta devia contar seus segredos. Segredos de uma mulher casada e insaciável. Que palavra escrota, essa. Insaciável. Nem sei por que a usei. Quer dizer, a moça casada que trepa eventualmente com outros é insaciável? Não pode ser apenas curiosa? Mulher casada curiosa? Marta era na boa. Nem tinha cara de insaciável. Nem de malcomida. Nem de nada. Era uma mulher normal. Que roncava precocemente.

Paula era corpuda, grandes peitos, grandes lábios, grande boca, grande bunda. Estavam uns colegas lá em casa. Preparando uma festa. Eu, no meu quarto, me vestindo. Ela entrou, me deitou na cama, subiu em cima de mim e me comeu. Era uma gostosa. Mas gozei tão rápido, que nem pude aproveitar mais. Tinha volúpia. Era cheia, havia tantas partes, carne, me enfiou dentro dela, ficou até eu gozar, e pensei, enquanto gozava, no como aquilo se tornava uma constância, gozar rápido, quase sem prazer, obrigado a cumprir um descarrego.

Quando se tem 20 anos, come-se uma mulher muito mais com o pau do que com a cabeça?

Paula queria me comer de novo num outro dia. Não me entusiasmei. Ela era daquele tipo contemporâneo, mulheres que comem homens. Não perdia tempo com joguetes. Era tudo claro e óbvio. Queria me comer, e propus um jogo. Me comeria, comigo numa mesa, coberto por comida. Jantar com as mãos, procurar comida com a boca, se lambuzar. Começamos com *pizza*. Espalhei as fatias pelo meu corpo, e ela comia, sem usar as mãos. Depois, lambia "o prato" e comia a sobremesa, deitando-se em cima de mim. Rolou um espaguete todo enrolado no meu pau. Chupava o molho de tomate que o cobria. Fomos para frutas. Houve bananas. Houve o período cereais, com mel e leite. Tudo natural. E sempre, no final, eu deitado, ela em cima de mim terminava o jantar.
Do nada, ela não quis mais. Nunca mais. De novo, me atormentou a ideia de que eu era um garoto péssimo de cama, digo, de mesa, um serzinho desprezível, garoto inerte, que gozava rápido, que não via o prazer da outra, aquele papo todo. Desta vez, não passaria em branco, e perguntei o que houve, por que não quer mais? Esperava ouvir uma grande revelação, que faria mudar minha atitude, e, se fosse o caso, eu suplicaria ajuda, pediria aulas, ensinamentos, comparações, provas, demonstrações. A sua resposta foi surpreendente: "Luiz, estou engordando".

Resolvi fazer algo que todos costumam fazer, algo que parece o revezamento natural das estações, algo a que somos constantemente pressionados, algo com que o mercado fatura, algo que as pessoas admiram, prestigiam, encorajam. Resolvi arrumar uma namorada de verdade. E uma da minha idade. Uma do meu universo, uma colega, uma musa, uma paixão. A namorada: Helena. Tinha acabado de romper um namoro. Queria emendar. Que garota sorridente, romântica, gentil, companheira, otimista, sociável, delicada, vaidosa, tudo isso e um problema: virgem, muito virgem, virgem pra cacete. Aos 21 anos. Problema? Na verdade, este estranhamento virou o molho daquele rolo. Uma virgem de 21 anos. Por quê? Medo, falta de oportunidade, crença religiosa, histeria, repressão familiar aguda? Nada. Não dizia. Ela não queria saber. Preferia que não se tocasse no assunto. Ela ria da própria condição. Ela sabia que era incomum. E ela só queria saber de uma coisa: perder a virgindade comigo. Eu era a sua escolha. Por isso, namorados. Helena cinéfila. Helena morena. Helena bonitinha. Travadinha. Uma coisinha. Mulher fácil, aberta, simples, direta, mole de lidar. Mas seu hímen, duro de doer. E nem o mais duro dos paus duros conseguia rompê-lo. Um sufoco. E contar que tinha um problema extra, uma paranoia, pânico de engravidar, e não se precavia, foi o papai aqui quem teve de se virar.
Eu abria as suas pernas, beijava todo o seu corpo, lambia, molhava, lubrificava, subia nela, e parecia haver uma liga bloqueando a passagem. Eu fazia uma força danada. Nada. Empurrava, girava, forçava, nada. Me perguntava por que alguns homens chamam pau de lança. E vara? E espada? Tanta fricção me levava a gozar. Mas eu tinha de avisar, vou gozar, e ela pulava para um lado, e eu para o outro, como se estivéssemos num fogo cruzado, para que nem a sombra de um esperma a atingisse.

Tentamos no chuveiro, na banheira, em pé, de quatro, nada. Um dia, curioso, nas preliminares, passei o dedo na sua prega, era dura, intacta, que prega teimosa, que me esnobava, me desafiava, e aí, mané, você consegue me furar? Enfiei o dedo com força no hímen. Pensei em arrancá-lo com o indicador rígido, a unha por fazer. Fiz força, ela sentiu dor, percebeu o que eu propunha, entendeu, deixou, mas nem com a porra do dedo consegui desvirginá-la.

Entendi por que a menina era virgem aos 21 anos. E seria aos 91, se eu não fosse teimoso. Aquilo virou uma guerra, eu contra o seu hímen. Que obsessão... Eu sonhava com ele. Eu já nem sentia prazer. Eu sentia um ódio tremendo por aquela pequena membrana, que nos trazia uma imensa infelicidade. Descobrimos finalmente um jeito. Depois de muitas preliminares, eu ficava em cima dela. Com a mão fechada, ela fazia um cone, em que eu encaixava o meu pau. Na outra extremidade, estava ele, seu hímen pretensioso, convencido. É assim que se prospecta petróleo, um duto, com uma broca dentro, num vaivém, perfurando a terra. Nessa posição, nós sentíamos que dava. Só que antes eu sempre gozava, porque sua mão cobria firme o meu pau. Na quarta tentativa, vitória. A porra se rompeu. A porra do hímen, antes da minha porra. Espalhou sangue pela cama. Senti a cabeça entrando, e ela deu um pulo de dor. Nem terminamos. Mas comemoramos aquele dia como os Aliados comemoraram o fim da Segunda Guerra.

Deveríamos esperar o corte da membrana cicatrizar. Mas, no outro dia, fui com afinco. Só que doía muito. Pra ela. Queria, mas implorava para eu tirar. Eu mal enfiava a cabecinha, e ela urrava de dor e pedia para parar. O hímen era passado. Descobrimos um novo problema. Sua boceta era estranhamente sensível e apertada. Não bastava começar o túnel. Tinha de cavar mais e fazer o acabamento, para o meu pau não morrer soterrado. Comemoramos o fim da Segunda Guerra, mas veio o pior, a Guerra Fria, guerra invisível, violentamente quase sem vítimas, apocalíptica. Meu pau simplesmente não conseguia entrar. E, para piorar, antes de gozar, eu tinha que pular da cama.

Quanto sofrimento para um namorico tão bonitinho e exemplar. Mal sabiam os colegas, que invejavam e admiravam aquela relação, o tormento que havia nos bastidores. Isso durou meses, acredita? Foi só no sexto mês que, numa tarde inesperada, sem preliminares, sem sofrimento, sem graça até, numa trepadinha rápida, meu pau varou aquela porra daquela boceta, entrou da ponta à base, e a menina pulou de dor, mas, cego, surdo e mudo, agarrei-a, prendi-a na cama, prendi com o meu corpo, e comi aquela que era a minha namorada, comi demoradamente, escutando seus gemidos de dor sem me importar, e ainda fui camarada, tirando o pau e gozando longe. Dei um urro de vitória. Que alívio. Sou o homem mais feliz da Terra. Missão cumprida!

Foi a primeira e única vez em que trepamos de verdade. Naquela mesma tarde, ela me chamou de bruto. E eu nem dei bola, tinha um arco do triunfo para atravessar. Guerra é guerra. Ela foi embora e não atendeu meus telefonemas. Na faculdade, ela me chamou de grosso, insensível, egoísta, disse que eu só pensava em sexo, só queria isso dela. Pediu para eu nunca mais falar com ela. Fiquei quatro semanas procurando-a em vão e me perguntando por quê. Parei de me perguntar quando soube que ela voltara para o ex-namorado. Filha da puta. Como as mulheres são filhas da puta! Mas quem sou eu para teorizar sobre algo em que fui malsucedido?

Uma coisa sei: dividi-las em duas categorias — as "pênicas" e as "prelímicas".

O marechal Jukov levou os russos a ganharem a guerra contra a Alemanha. Desfilou pela praça Vermelha sobre um cavalo branco e foi ovacionado. Stálin ficou com ciúmes, sentiu-se ameaçado. Tirou-lhe o comando do Exército e o despachou para um trabalho burocrático no fim do mundo. Eu e Jukov tínhamos muito em comum.

Malu? Sim, eu volto a falar. Eu chego lá.

"Você quer me torturar ou me namorar?", Cris perguntou, quando a abracei.
"Mas namorar não é o mesmo?", respondi.

O Espaço 1928 era a balada do momento. Uma garota me abordava. Cris ficou entre ela e mim.
"Você é muito ciumenta, não é?", a garota perguntou a Cris.
"É que aqui só vem vagabunda", respondeu.
Cris, a nova namorada, quem me ensinou a jogar xadrez. Pacientemente. Eu errava, ela deixava eu voltar, eu colocava a vida da putinha da minha rainha em risco, cercada por peões de má intenção, ela me alertava e sugeria uma outra jogada. Claro, ela sempre ganhava. Quase sempre. Algumas vezes, me deixou ganhar de propósito, fingindo que eu conseguira a façanha devido à sorte de principiante. Cris tinha uma ótima didática. Deve ser um saco ensinar xadrez. Passávamos horas jogando. Me ensinou as aberturas clássicas e chegou a me dar livros, que nunca abri.
Na vida, Cris tinha uma paciência do cão. No sexo, era uma "pênica". Contradição. No sexo, nenhuma questão de ser

tocada, lambida, chupada, acariciada, admirada, cantada, esfregada, massageada. Como se não sentisse nada, além de um incômodo ou cócegas. E nunca me tocava, lambia, chupava, acariciava, admirava, cantava, esfregava, muito menos me massageava. Era como se meu corpo fosse invisível, indolor, insensível. Cris só gostava de uma coisa, do meu pau dentro dela. Preliminares, para ela, uma enorme perda de tempo. Tirava a roupa num gesto só, posicionava-se e, quando eu enfiava, sim, se deliciava. Sexo, para ela, era meu pau em ação. Como é, para as "pênicas". E ela adorava. Gozava três vezes antes de mim. Ela gozava e continuava no mesmo ritmo. Era quente, quase uma tarada. Suava muito, tremia muito, mexia muito, e se meu pau saísse, ela, desesperada, como se estivesse sem ar, procurava-o com as mãos e o corpo para engoli-lo novamente. Sexo, com Cris, era concentrado, era intenso, era bom, era um rala-rala em que só interessava o encontro pau-boceta, como um carro, que não sai do lugar sem o movimento do pistão no cilindro.

Espere. Não se dividem as mulheres em dois grupos. Há mais variantes. Sim, existem aquelas que graduam "penicismo" e "preliminismo" e até aquelas que trabalham com as duas ordens equilibradamente.

Mas Cris era apenas "pênica" e muito, mas muito, ciumenta. Era minha namorada enquanto eu gerenciava o espaço que, aos poucos, tornava-se o mais cult da cidade. E, enquanto, aos poucos, eu me tornava uma celebridade da noite paulistana. E, enquanto, aos poucos, mais e mais mulheres lançavam sua rede em torno de mim. E, coitada de Cris, repartir seu homem com um grupo insistente de meninas que gostam do tipo empresário-da-noite-que-sai-na-mídia, as *groopies* da boemia.

Ela ficava de olho, enquanto eu trabalhava cumprimentando os convivas, recebendo com mais atenção os VIPs, dando descontos a eles e às meninas mais bonitas. E, é claro, mais meninas vinham até mim e pediam a carimbada em suas comandas, que as livrariam da consumação mínima, essas coisas. Eram insistentes, como se, naquele carimbo que eu carregava no bolso, estivesse o mapa para o cálice sagrado. Na verdade, queriam economizar alguns cobres, e as mais bonitinhas eram bem-sucedidas. Mas Cris não pensava assim. Para ela, eram todas umas vagabundas. Ela não tinha pensamento dialético. Ela não entendia as nuances da economia de bares e afins, muito menos lia as entrelinhas daqueles pedidos ou flertes. Para Cris, queriam roubar seu namorado, e seu namorado, como todos os homens, era fraco, e uma mulher deve prender seu homem na marra, jogando duro, sem fazer corpo mole, com marcação cerrada. E, para as meninas que iam reclamar de seu comportamento ríspido, ela repetia:
"Aqui só vem vagabunda!"

Cris era um fodão. As "pênicas" costumam ser um fodão. Têm o corpo aberto, a cabeça resolvida e a boceta desinibida. Cris era um fodão e fazia bem para mim naquele momento, pois me salvava de situação de cerco, ficando entre uma gatinha e mim, num flerte que só significava uma coisa: uma carimbada. No mais, tinha tanta mulher ao redor, mas tanta, que namorar uma só me dava paz de espírito. A tentação era foda. Mas eu começava no ramo, precisava me dedicar ao trabalho, sabia que tinha uma mina de ouro nas mãos, e este negócio tem um ditado: faturar ao máximo quando está na moda e vender na alta. Bem, como todos os negócios.

O ciúme de Cris era patológico. Em 98% das ocasiões, ela

não tinha motivos para uma cena. Para Cris, o mundo, especialmente as mulheres, conspirava para melar o seu relacionamento. Ela me beliscava, se uma menina me olhasse, partia pra ignorância, jogando copos, cinzeiros, cigarros acesos, o que tivesse em mãos, naquela que acreditava estar me seduzindo. A sós, ela chorava. Gritava. Batia portas. Ia embora e voltava cinco minutos depois. Procurava na minha carteira por pistas: telefones anotados. Xeretava meu talão de cheques. Se havia um fio de cabelo de outra cor na minha roupa, eu tinha de responder ao mesmo questionário, de quem é?, não minta pra mim, de quem é?, quem você está comendo?, olhe nos meus olhos, você me ama ainda?, você não me ama, por quê?, o que eu fiz?, quem ela é?, é bonita?, pra quê?, e depois Cris chorava, me chamava de cachorro-vagabundo, galinha, mentiroso, traidor e dizia que ia dar pra todo mundo, e, depois de ela se acalmar, nos abraçávamos, e ela dava pra mim, "penicamente".
Uma relação dessa não dura. Você conhece o tipo. Já deve ter convivido com um. E nossa reação é sempre a mesma, conviver, descartar e criar um muro intransponível entre este tipo e nós. Mas sabe o que fiz? O mesmo. Infernizei sua vida, com um ciúme incontrolável. Não foi de propósito. Nem quis espelhar suas reações, para lhe mostrar o ridículo. Foi automático. E calculado: se uma pessoa sente ciúmes assim, é porque apronta no mesmo grau. Era ela quem paquerava meus clientes, anotava seus telefones e guardava na bolsa? Passei a vigiá-la, a beliscá-la, quando um homem bonito sorria pra ela, a atormentá-la, a gritar, chamá-la de vaca, puta, piranha, e eu fazia isso com verdade, sentia isso, acreditava que ela me traía com todos os homens do planeta.
Nosso namoro era aos tapas. Extremos. Emoção correndo solta. Ela me seguia pela cidade. Ela escutava minhas conversas

telefônicas. Eu a seguia pela cidade. E escutava as suas conversas. Até o dia em que acordei com um vulto entrando no quarto. Ele ficou parado diante da cama. Acendi o abajur, e ela estava em pé, com uma faca na mão. Transtornada, perguntou, assim que acendi a luz:

"Quem esteve aqui?"

"Cris, o que você está fazendo?"

"Tinha alguém aqui com você. Eu sei. Não adianta me enganar."

"Não tinha ninguém aqui comigo."

"Por que você mente? Preferia que falasse a verdade. Tudo bem, acho normal você querer dormir com outras. Mas você tem que dizer a verdade."

"Por que você acha normal, porque você dorme com outros?"

"Não mude de assunto. Tinha alguém aqui."

"Não tinha."

"Tinha. Fiquei lá fora esperando. Eu vi."

"O que você viu?"

"Eu vi pela janela."

"Não era a caixa?"

"Não, ela já se foi, faz tempo."

"Não era eu?"

Cris ficou em dúvida. Abaixou a cabeça, olhou para a cama, examinou o quarto. Nada. Olhou para o lençol, os travesseiros, em busca de brincos esquecidos, anéis, cabelos, ou até uma ousada calcinha deixada pra trás. Nada. Sentou-se na cama.

"Onde você arrumou esta faca?"

"Eu não aguento mais", ela disse.

"Me dá ela!"

"Por que você é tão cafajeste?"

"Onde você arrumou esta faca?"

"Você não gosta de mim, é isso?"

"Me dá esta faca!"

"Não sai daí!"
"Calma, Cris."
"Fica aí!"
"Eu estou aqui."
"Você trepa com todo mundo."
"Eu sou fiel a você."
"Mentira!"
"Larga esta faca!"
"Eu te odeio, seu filho da puta!"
"Eu também te odeio, sua escrota, babaca, vagabunda, sua puta! Que merda você veio fazer aqui?! Vai tomar no cu! Vai embora daqui! Você é louca!"
"Você não me ama mais."
"Eu devia enfiar a mão em você. Nunca bati numa mulher. Você é louca! Vai procurar um tratamento!"
"O que que eu fiz de errado?"
"Me dá a porra desta faca!"
"Eu devia te matar. Pra você nunca mais aprontar comigo."
"Você quem apronta comigo."
"Ah, é, a culpa é minha?! Você é escroto. Eu te odeio. Quer terminar? Termina!"
Falou isso com a faca apontada.
"Eu te amo", ela disse.
"Me ama o caralho. Se me amasse, não aprontava tanto."
A balbúrdia alertou um segurança. Que subiu a escada sem fazer barulho, abriu a porta devagar, viu Cris chorando com a faca na mão. Olhou para mim, deitado, sem ação. Então, ele se jogou num pulo rápido sobre ela, derrubando-a. A faca caiu no chão. Ele a prendeu com um golpe mata-leão. Tomou o comando da situação. Eu, atônito, pouco me importava. Eu estava apenas recebendo a informação enviada pelo bom senso de que aquela merda de namoro tinha acabado. Cris só

chorava. Também realizava o mesmo. Ele a abraçou e queria tirá-la dali. Mas ela se agarrou ao pé da cama. Ele me olhava. Eu não tinha reação. Ele a puxava, e nada. Arrastou ela e a cama comigo em cima uns dois metros, mas Cris não se soltava. Ele apelou para o rádio.
"Q.A.P."
"Q.A.P. é a puta que o pariu!", gritou Cris.
"Preciso de ajuda aqui no quarto do seu Luiz."
"Precisa o caralho! Sai daqui, desgraçado! Me solta, filho da puta!"
Em segundos, chegou toda a segurança do espaço. Atônitos, não sabiam como lidar com aquilo, afinal, era a mulher do patrão, que, deprimido na cama, só olhava. Os seguranças cercaram a minha Cris, tentaram levantá-la, mas ela grudara no pé da cama como se estivesse acorrentada. Um deles teve a brilhante ideia de levantar um pouco a cama, como se ela estivesse de fato acorrentada. Então, começou a pancadaria. Cris foi agarrada e mordeu, deu pontapés, socos, gritou, pediu socorro, cinco armários não conseguiam acalmá-la, queriam, claro, resolver aquilo com a sua linguagem, aos socos, mas era a mulher do patrão, e ele, eu, continuava transtornado, mudo, querendo ser teletransportado para Marte. Cinco armários contra a minha amada e impaciente e temperamental e, pelo visto, muito forte. Não conseguiam tirá-la. E, pior, passaram a temê-la. Um estava com o braço sangrando, devido a uma mordida. Finalmente, arrastaram-na pela escada e a levaram. Xeque-mate.

Finalmente, aluguei um apartamento ali perto, deixando de morar no local de trabalho. E entrei em depressão. Que durou uns bons dias. Era o que alimentava aquele namoro doido de pedra, não a compreender. Fui me soterrando de porquês, por que ela fazia aquilo?, por que ela era assim?, que o tempo passou, a porra se desgastou. Cris passou a noite no 4º DP e respondeu a um processo complicado: lesão corporal. Não sei se foi condenada. Nunca mais jogamos xadrez. E aquela faca está comigo até hoje.

Cris definitivamente me abriu as portas para um mundo novo, com a guarda levantada contra todas. Ela fez de mim um novo homem, enfiado numa armadura, frio e calculista. O nascimento de um galinha convicto. O desabrochar de um filho da puta. Daquele dia em diante, minha vida seria uma festa contínua. Cris foi meu *turningpoint*. A partir daquele namoro, não me prenderia a nenhuma mulher, não me comoveriam suas neuras, suas dúvidas infames. E passaria ao largo de suas verdades. A partir de então, eu iria viver na superfície, boiar, só pensar em foder, foda-se o resto, levar pra cama e foder, foder é o que interessa, todo o resto é resto. Pregaria apenas o sexo. Se quisessem ter algo a mais com alguém, que procurassem outro. Mas se quisessem ter uma foda legal com alguém, *o.k.*, cá estou, o galinha, a seu dispor. Um alienado. Quem cala, consente. Um novo homem.

Bem, Malu apareceu, anos depois.

Cássio e Mari administravam finanças, compras, contratações, demissões, propinas dos fiscais do Corpo de Bombeiros, da Vigilância Sanitária, das regionais, dos Narcóticos e dos PMs que faziam ronda. Eu, o relações-públicas, agitava, criava eventos, fatos, festas, montava bandas, contratava *shows* e ia pessoalmente ao banco, realizado, depositar a mesada de meu avô. Eu me dava com os músicos, DJs, famosos, mídia, colunas de fofocas, entrevistas, mudava a decoração da pista, procurava novidades em bares concorrentes, atualizava o *mailing*. Nas noites fracas, dei descontos para agências de modelo e franqueei a entrada de garotas de programa selecionadas. Claro, depois de instruí-las: como se comportar, não pegarem pesado, serem naturais e cobrarem os honorários fora do espaço. O garoto paquerava a gatinha. A gatinha era acessível e lindinha. O garoto beijava a gatinha. A festa rolando. Dançavam, bebiam, o garoto dava um ultimato na gatinha, vamos para um outro lugar, para ficarmos a sós, pagava a bebida da gatinha e escutava, na calçada, à espera do carro, que aquilo teria um preço, e o garoto até se assustaria, mas quase sempre acabava concordando, porque já tinha cruzado toda a correnteza e não contaria para os amigos que aquela gatinha com quem foi visto toda a noite era, na verdade, uma puta.

Um amigo meu se assustou. A menina tinha sido solícita, simpática e amorosa por toda a noite. Quando disse o preço, meu amigo perguntou:

"Mas você é puta?"

"Olha, decide logo, porque tem outro na parada."

Bom meu amigo ter me alertado. Tive de instruí-las para não fazer este tipo de comentário depreciativo. Ela deveria ter dito: "Sou, mas você me pirou, vamos, quero ir com você, mas não posso deixar de cobrar, porque tenho mil despesas...".

Calma. O Espaço 1928 não se transformou num puteiro. Nas noites fracas, tem lá de cinco a dez meninas, para os mais carentes. Meninas bem-vestidas que ninguém jamais imaginaria que têm carteirinha do sindicato mais antigo do mundo. Muitas delas, dependendo do carinha, nem cobravam. Minhas amigas. Gente boa. Estudavam. Queriam se dar bem. Algumas tinham carro. Moravam em *flats*. E gostavam de dar. Não, nunca encontrei uma que fizesse apenas por dinheiro. Estas me deprimiam. Só apareceram as que gostavam da farra. Uma amiga indicava outra. E o limite, dez meninas. Não mais. E a presença delas inibia a entrada de aventureiras ou *free-lancers*. Elas não ficavam paradas dando sopa. Comportavam-se como toda a clientela, dançavam, bebiam, circulavam. Interagiam. Mas quase ninguém percebia a diferença. Ou, se percebia, não se incomodava. A noite é pra todos.

Outro truque conhecido no meio: contratei uma *hostess* de parar o vento. Uma carioca morena, sempre de minissaia preta, que ficava logo na entrada. Muitos caras apareciam naquele lugar só para vê-la. Ela, com um radinho na mão, em contato com a segurança, um cigarro na boca e bebendo uísque sem gelo, tratava todos com simpatia, mas só. Tipo carismático. Na dela, independente, e se ela quisesse algo com alguém, ela tomaria a iniciativa. Meu totem. Quase uma escultura a ser cultuada. Logo na entrada. Para causar boa impressão. Profissional de primeira. Sabia quem deveria furar a fila, para quem liberar a comanda, como receber os VIPs, quem barrar, e se uma briga começasse na porta, ela, elegantemente, intervinha, antes de os seguranças partirem pra ignorância, apartando-os com seu charme, imobilizando-os com sua beleza. E, claro, entrei em contato com revistas moderninhas para fotografarem-na em ensaios de nudez sugestionada, nada de aparecer as intimidades, e ela adorou e apareceu em três revistas, a *hostess* que conquistou São Paulo, quem é?, o que faz?, o que gosta de ler?, o tipo de homem?, a primeira vez?, essas bobagens que tais revistas publicam para encaixar o que realmente interessa, as fotos.

Parêntese: por que sempre perguntam da primeira vez, se a última foi certamente com mais experiência?

Não, nunca tive nada com a minha *hostess*, nem nada com as profissionais de carteira assinada ou não daquele lugar. Já com a clientela... Foi uma sucessão de. Nem sei se lembraria de seus nomes. Da maioria, sim. Nem sei se é essa a sequência em que apareceram. Sei que algumas apareceram, sumiram e reapareceram. E o galinha, sim, ganha corpo, a versão definitiva. Alça voo. Eu deveria parar por aqui, já que o nível cai, o envolvimento é nulo, você pode se chocar, mas vou em frente.

Eu tinha dois períodos para atuar. Às tardes, recebia em casa um tipo (um público?) específico: as adolescentes, as estudantes, as sem carro, as casadas ou compromissadas. Às noites, e, na verdade, bem tarde da noite, depois das duas ou três horas, depois do fim da noite no Espaço, eu recebia as solteiras, as galinhas, as incomuns, as que não precisavam acordar cedo, as desempregadas, as que dormiam pouco e as infelizes no trabalho. Aos fins de semana, eu descansava. Um galinha fica sozinho nos fins de semana. Porque se sai com um rolo num sábado, por exemplo, deixa de ser caso e fica sério. Seriedade não está no vocabulário de um galinha. Um galinha precisa afirmar sua autoridade, anunciando claramente que não é homem de uma mulher só, mas deve deixar a esperança de que pode ser consertado por uma especial. Um galinha nunca deve prometer compromisso, fidelidade. Deve ser um desafio para as mulheres, que nem sabem se querem namorá-lo, mas com certeza testam a sua opção de vida.

Às tardes, em algumas delas, uma menina de quem não me lembro o nome me visitava. Era só telefonar. Devia ter uns 17 anos. Ela quem me paquerou numa boate concorrente, sentadinha bêbada, depois de eu puxar papo, depois de ela sorrir, e, naquela boate, eu achava que se tratava da adolescente

mais galinha da cidade, foi tão direta, colocou as suas pernas na minha, me pegou, me beijou, me fez prometer que eu iria telefonar, e fiz. Prometi e telefonei várias vezes. Às tardes. Não importava o que ela estivesse fazendo, pegava um táxi e em 20 minutos chegava, bonitinha. Tal vaivém durou quase um ano. Quando eu a queria ver, via. Em 20 minutos. Eu que sempre ligava. Acho que ela nem sabia meu número. E se eu ficasse um mês sem ligar, o que chegou a acontecer, ela não me procuraria. E, quando eu ligava, depois do sumiço, em 20 minutos ela aparecia, sem perguntar por onde eu andara. Eu não sabia se tinha namorado, onde morava, o que fazia, porque íamos pra cama assim que chegava, nada de perder tempo.
Mas ela não deu logo pra mim. Bem, foi uma conquista, trincheira por trincheira. Primeiro, amassos na cama. Depois, amassos com camisas abertas. Assim foi. Semanas. Meses. Amassos seminus. Depois, amassos nus na cama, mas ela não deixava eu enfiar, e fazíamos de tudo, menos o principal. Nela, muita timidez, travação. Eu não forçava a barra. Eu a imaginava virgem. Ela dizia que já tinha tido uma relação. Mas eu achava que ela era virgem, e queria jogar comigo. Aos poucos. Eu não estava certo de que iria até o final, não iria lhe causar este desgosto, perder a virgindade com o canalha mais velho das suas tardes.
Numa tarde, que se parecia como tantas outras, ela entrou, fomos para o quarto, como sempre, tiramos a roupa, começamos a nos beijar, e ela parou. É hoje o dia, pensei. Um ano nessa. Ela disse algo surpreendente:
"Hoje, você vai saber quem eu sou de verdade."
Subiu em cima de mim e me comeu, como poucas mulheres me comeram. Virgem porra nenhuma. Tímida, menos ainda. Era uma máquina. Eu nem me mexi. Ela fez tudo. Que tesão... Era outra pessoa. Caiu a máscara da adolescente ingênua e

inexperiente. Era uma mulher deslumbrante, ativa, livre.
Bem, acabamos, ela se foi. Claro, liguei dois dias depois. Ela não atendeu. Liguei de novo. Nada. Atenderam outras pessoas. Estranho, era sempre ela quem atendia. E as pessoas eram vagas, não sei onde está, não sei a que horas chega. Deixei recados. Deixei o meu número de telefone. Deixei de novo. Nada. Uma semana depois, liguei, e atendeu uma voz: "Este número de telefone não existe. Favor consultar o catálogo telefônico ou chamar o serviço de informações".
Liguei para o tal serviço, me disseram que o telefone foi desligado recentemente. O cliente não autoriza a divulgação do novo número. Isso mesmo. Sumiu do mapa.

Cantadas?

Cheguei para uma garota e disse:
"Sabe por que eu gosto de você? Porque você é a mulher mais linda, mais inteligente, mais gostosa, mais elegante, mais culta, engraçada, mais charmosa."
"Só?", ela devolveu, levantou-se e foi embora.

Cantadas. O segredo delas é o improviso.

Voltando de Salvador, já na sala de embarque, troquei olhares com uma mulher de cintura muito fina, um corpo com muitas curvas, um puta corpo. Entrando no avião, continuávamos concentrados no embarque, cartão, assento, compartimento da bagagem e em nós. Em cada etapa, nos olhávamos. Assento marcado. Me sentei na frente, e ela, no meio da aeronave. Ambos próximos à saída de emergência, o que não tem nada a ver com o que conto, mas me chamou a atenção. O avião taxiou, os procedimentos foram explicados, decolamos, e ela foi ao toalete, como se diz. Voltou, me olhou e sorriu. O serviço de bordo foi servido, e, depois, ela foi novamente ao toalete. Voltou me olhando e sorrindo. Alguma coisa no ar. Mas, como um cientista, eu faria uma experiência, deixaria ela tomar uma atitude, mundo novo, novos tempos, mulheres à frente, e ela estava com o manche nas mãos, comandante. Pousamos. Fiquei apreensivo. A fila de passageiros se formou no corredor. Eu esperaria ela passar e a seguiria. Mas ela não passava. Não passou. Claro. As saídas foram efetuadas pela porta dianteira e traseira, e ela optou pela traseira, um detalhe excitante neste jogo de gato e rato. A sala de desembarque e a esteira com as bagagens. Apenas começávamos. Surpreendentemente, ela não estava lá. Cheguei em todas as esteiras. Em todos os cantos. Nada. Decepção. Minha experiência se tornara um fiasco. Está bem, na próxima, nada de esperar, ser o comando. Espere. Algo se firmou entre o céu e a terra. Na verdade, na fila de táxi. Quando me dou conta, ela está atrás de mim. Danada. Fez todo o suspense de propósito, me seguiu de longe, para atacar no desânimo? Quando chegou a minha vez, olhei para ela, que sorria, como uma velha conhecida. Perguntei para onde ia. Ela devolveu me perguntando por quê. Eu disse que poderíamos rachar um táxi. Ela disse *o.k.*, e entramos juntos, nos sentando no banco de trás, sem ela dizer para onde ia. A porta foi fechada, as malas guardadas no porta-malas, o motorista colocou o carro em movimento, entrou na Rubem Berta e perguntou o destino. Ela não disse nada. Eu disse o meu bairro. Ela só sorria e me olhava, olhar cortante, afiado. Estiquei o meu braço por sobre o banco, chegando a encostar a mão em seus cabelos. Quebrando o silêncio, o motorista perguntou de onde vínhamos. Salvador. Estava quente lá? Sim, um calorão. É bonito, né? Claro. Foram a trabalho ou passeio? Eu disse a passeio. Ela, a trabalho. Rimos. Ele falou,

claro, a mulher foi trabalhar, e o marido foi junto, para aproveitar e passear. Gostei deste comentário. Marido e mulher. E parecíamos mesmo. Sentados no banco de trás, juntos, eu com o braço na sua nuca, mexendo em seus cabelos. Parecíamos um casal, casados há anos, porque ele falava, e nós, silêncio. Pouco a pouco, nos aproximamos. E meu braço era agora um abraço. Ela, muda, feliz por estar abraçada pelo marido. O motorista reclamou do trânsito, e eu estava adorando aquele engarrafamento, porque podia acariciar minha mulher mais longamente. No Ibirapuera, estávamos nos beijando. E já não parecíamos mais casados, mas um casal de recém-namorados. Na avenida Brasil, ele pigarreou, pediu desculpas e o endereço exato. Desgrudamos a boca, olhei sorrindo, ela me devolveu um sorriso, esperei ela dizer algo, mas nada, encostou a cabecinha no meu ombro. Então, dei o meu endereço.
Subimos o elevador em silêncio, cada um com sua mala, digo, bagagem, encostados em paredes opostas, olhos nos olhos, e sem sorrisos. Entramos em casa. Peguei a sua mala e a coloquei com a minha no sofá. Demos as mãos, nos abraçamos, nos beijamos e, dois minutos depois, estávamos nus, na cama, trepando, e ficou em cima de mim, e trepamos assim, ela em cima de mim, enquanto minhas mãos iam e vinham, deslizando em tantos tobogãs. Estava quente e ensolarado, as luzes escreviam muitas sombras e contrastes em cintura, peitos, bunda, pernas. Acabamos. Ela se levantou, vestiu-se. Pegou a sua bagagem. Eu a acompanhei até a porta. Sem poder abri-la totalmente, porque estava ainda nu. Nos beijamos carinhosamente. Ela ia sair, mas voltou e perguntou:
"É só isso, não é?"
Eu poderia dizer um milhão de coisas. Mas falei num impulso: "É."
Ela sorriu. Não estava decepcionada nem nada, sabia desde o

início que era só aquilo, e a graça estava nisso. Fechei a porta aliviado, já que me livrava de um embaraço e de uma culpa por querer só aquilo. E nunca mais a vi. Nem nunca soube seu nome. Porque era para ser só aquilo.

Carmem era cantora. Conhecia música a fundo. Coisas novas. Sabia distinguir *tecno* de *house* de *drum*, essas coisas ainda inéditas por aqui naquela época, sobre as quais você lê, sabe que são as novas manias dos ingleses, acha que nunca vão desembarcar por aqui, mas que, tardiamente, acabam chegando. Carmem cantava MPB com temperos eletrônicos. E detestava a fama de lésbica das cantoras brasileiras. Porque Carmem era hétero, gostava de homem, detestava *gays*, seria da juventude hitlerista em outros tempos, ou uma fanática pela Revolução Cultural de Mao. Carmem seria de tudo, em qualquer movimento da História, menos comum. Era uma ruiva forte, gostosa, tinha um grande nariz e cabelos encaracolados. Tinha uma boca grande, maleável, que se abria ocupando a maior parte do rosto quando cantava.
Carmem comia todo mundo. Sem preconceitos de raça, credo ou nível social. Era uma ninfomaníaca, cultuava este talento e fazia jus ao termo. Ela me comeu. Algumas vezes. Em sua casa. Em seu tatame. Porque ela dormia no duro. E comia no duro. Era uma gostosa, que dominava a relação, puxava com força, beijava com intensidade e fazia os movimentos de um homem forte. Com ela, eu me sentia uma menina semivirgem estuprada por um estivador. Mas, no fundo, Carmem era romântica, uma das mais românticas que conheci. Ela não dizia: "Quero te foder hoje à noite".
Ela fazia um joguinho sedutor, mandava bilhetinhos, dava presentes, enviava flores e bombons. Trepava como um estivador, gozava como um mamute e se deitava depois ao lado

como uma pequena sereia, inocente criatura, nadando entre tubarões.

Só que trepar com Carmem era dolorido. Especialmente naquele tatame. Os joelhos e cotovelos ralavam, o saco ralava, tudo ardia, no pau, manchas roxas, hematomas, a boca ardia, no pescoço, chupões, no couro cabeludo, dor, de tanto que ela arranhava, puxava, mordia, chupava. E aquela sereia frágil, deitadinha ao lado, no final, era insuportável: deveria ser fatiada e comida como um *sushi*.

Carmem teve um namorado. Foi depois de terminar com ele que ela disparou a sua metralhadora giratória. E o cara, um lutador de caratê, continuava atordoado por ela e, inconveniente, aparecia em sua casa. Os porteiros o temiam e o deixavam subir. Ele ficava no *hall*, tocando a campainha, batendo na porta, chamando-a, e isso aconteceu algumas vezes em que estive lá fodendo, e ela não interrompia, dizia, meu ex, mas não liga, continua, ele não faz nada, só fica batendo, continua, tesudo. Eu continuava. Não porque queria. Por mim, eu sumia pela janela, voava até me esborrachar no asfalto. Mas ela não parava. E não me deixava parar. Era ela quem dizia, continua, mas era ela quem continuava, agarrando com força. Eu detestava aquilo. Era uma gostosa. Mas seu ex, na porta, broxante. No final, eu demorava pra ir embora, encostava o ouvido na porta, olhava pelo olho mágico, para me certificar de que o lutador de caratê desistira. Abria a porta, e o cara estava lá, sempre lá, dormindo no chão. E acordava, quando eu pulava por ele. Ele a olhava, dizia me perdoe, ela batia a porta, passava a tranca, e ficávamos eu e o sujeito no *hall*, esperando o elevador. E ele sempre se levantava e me cumprimentava:

"Tudo bem com você?", perguntava.

"Tudo, e com você?"

"Indo. Está frio lá fora. Você trouxe casaco?"
"Tenho um aqui na maleta."
"Bom... É de couro?"
"É. Italiana. Comprei lá."
"Bonita maleta."
Chegava o elevador, nos despedíamos, e, descendo, eu o escutava novamente tocar a campainha, bater na porta e gritar: "Carmem, me perdoe...".

Mulher é foda.

Sandra trabalhava na minha livraria preferida. Era a minha vendedora preferida. Era quem me anunciava os lançamentos, com quem eu percorria os corredores apertados, margeados por estantes, para quem eu elogiava capas e títulos e criticava outras e outros e para quem eu apontava os melhores livros da minha vida. E de quem eu aceitava indicações. Sandra. Contemporânea, gostava de Paul Auster, Pynchon. Eu, preconceito contra tudo aquilo escrito depois da era da informática. Meus autores escreveram à mão, como Virginia Woolf, à luz de velas e endividados, como Dostoiévski, ou bêbados, como Hemingway. Mas aceitava suas sugestões, comprava-as e tive de ler algumas, para ter assunto e, depois, dizer:
"Sei lá. Li o livro que você me indicou. Tenho um certo preconceito contra tudo aquilo escrito depois da era da informática. Meus autores preferidos escreveram à mão, à luz de velas, endividados ou bêbados."
Ela ria. Claro, convidava-a pra sair. Ela nunca tinha tempo. Claro que tinha. Ora, tinha, para ler os lançamentos. Tinha e não queria sair comigo. Ou, se queria, tinha outro, mas nunca me dizia que tinha outro, só dizia que estava sem

tempo, o que era sinal de que com o outro não estava rendendo, pois ela regava o meu interesse por ela, bom sinal. Tinha cara de comportada, certinha. Talvez fosse daquelas que não traem. Só sairia com um se estivesse livre. Tipo fiel. Do tipo fiel que mantém a horta regada. O tipo mais comum.

Sandra, um dia, depois de eu perguntar quando iríamos sair, me convidou para jantar na sua casa. Calma, com toda a família. Programa tão inusitado, que, lógico, topei. Jantar às 19 horas, sem atraso.

Às 19 horas, lá estava eu, bem-vestido, com um maço de flores para a mãe e uma garrafa de vinho para todos. Jantar familiar. Mãe, pai, uma tia, o avô senil e seus dois irmãos mais novos. Fui apresentado como um amigo. A tia tagarelava. Era a tia divorciada, que morava de favor. A mãe nos servia, com ajuda de Sandra, que estava com um vestidinho todo florido, como uma garota do campo. O avô não abria a boca, só para tossir. O pai me perguntava coisas sobre o meu trabalho, o meu time e em quem eu tinha votado na última eleição. Os irmãos me olhavam e riam: quer comer minha irmã, tem que passar por isso. Me senti há muitas décadas, visitando uma pretendente, analisado para ser aprovado. Meu vinho foi servido depois. Elogiaram. Tudo muito bem-educado. Um clássico. Expuseram a filha, como ela é inteligente e culta e sua vocação para a literatura, desde pequena lia de tudo, aprendeu a ler sozinha, como tinha sido a melhor aluna, o tesouro da família. Ninguém comentou se tinha ou não namorado, e a pureza daquele ambiente era tamanha que comecei a desconfiar de que só treparia com Sandra depois de 30 jantares, muitos passeios de mãos dadas, muitas conversas sobre estilos literários, muitos cinemas, muitos beijinhos selinhos, muita enrolação. Desanimei. O primeiro beijo certamente seria num banco que balança na varanda, sob as estrelas, poético e controlado. Sabe o nome desses bancos? Eu soube noutro dia: namoradeira. Tipo de informação que um galinha despreza.

Tracei outros planos, desisti, ficou tarde e me despedi. Me levou até o *hall*. A família toda na porta. Chegou o elevador, ela disse que ia descer junto. Me fazer companhia. Despedimo-nos da família, que fechou a porta. Entramos no elevador. Apertei o térreo. Começou a descer. Nos olhamos. Cada um num canto. De repente, começou a levantar o vestido. O que era aquilo? Milímetro por milímetro, o que era tecido subia, revelando joelhos, coxas. Nos seus olhos, ainda a pureza de uma menina comportada do campo. Levantou mais o vestido, até aparecer. Sim, sem calcinha. Olhei aquela penugem negra, o elevador chegou no térreo, ela apertou um botão qualquer, voltamos a subir, e ela, a se exibir, coloquei a mão na sua cintura, e ela voou pra cima de mim, agarrou o meu pescoço e me beijou, me agarrou, me grudou na parede. Ele parou. Caímos no *hall* de um andar qualquer. Fechou a porta do elevador, abriu a minha calça, começou a me chupar, deitamos no tapetinho, começamos a trepar ali mesmo. Em silêncio. E, aos poucos, passamos a escutar os barulhos do apartamento anexo. Do outro lado da porta, única porta, era um barulho familiar, era a sua família a tirar a mesa. Escutamos seu avô tossir, seus irmãos correrem pela casa, sua tia fofocar e seu pai criticar o meu vinho: "Que amargo! Italiano vagabundo! Um vinagre!". Trepando em silêncio, no escuro, naquele *hall* apertado. Ela gozou, parou e passou a me chupar, e, enquanto caía de boca no meu pau, e eu apertava os seus peitos, abriu-se a porta do apartamento, a luz da sala nos iluminou, e paramos num susto, ela escondeu o rosto, mas eu vi, era o seu avô, o senil, que abriu, viu, fechou a porta e teve um acesso de tosse monumental, e, enquanto nos arrumávamos, a tosse aumentou, levando a família a o acudir. Entrei no elevador, apertei o térreo e nem olhei para trás.

Até hoje, não sei no que deu aquilo. Nunca mais nos vimos. Porque troquei de livraria.

Eu jantava sozinho num restaurante de comida mediterrânea, que, na verdade, não significa nada, e acho que, quando alguém monta um restaurante cuja comida é variada, comum, tipo grelhado com acompanhamentos variados, classifica-o de restaurante de comida mediterrânea, nome pouco específico, já que no Mediterrâneo tem de tudo. Eu jantava sozinho, e esta é uma praga entre galinhas, que, eventualmente, jantam sozinhos, vão ao cinema sozinhos, muitas vezes sozinhos, ficam sem programa e absorvidos pela TV, pipoca e um sorvete, sem a companhia de uma mosca. Há também solidão na galinhagem, por mais paradoxal que isso possa parecer. Ela aparece quando você marca com alguém, e a pessoa cancela, ou quando você está saindo com alguma compromissada, e o fim de semana aparece, ou quando você come alguém com quem você não tem intimidade, e o Natal aparece. Dos sete dias da semana, em pelo menos dois o galinha está terrivelmente só. E, por incrível que pareça, geralmente aos sábados à noite, porque o galinha não quer sair com alguém num dia em que saem os casais apaixonados. Imagine só: convidar uma menina que você só quer comer para sair num sábado é ter laços mais firmes do que o desejável.

E sabe do que mais? É um saco ter de galinhar sempre. Tem dia em que você acorda sem saco de armar uma estratégia complexa e exaustiva para levar uma mulher pra cama. Nem sempre a guerra é a melhor solução.

E quer saber mais? É um tremendo charme sair para jantar sozinho. Isso abala um ambiente, todos se perguntam, por que será que o cara está sozinho, levou um fora, tem problemas mentais ou simplesmente quer ficar sozinho? Os garçons o tratam melhor, porque têm pena. A comida vem mais rápido. E muitas mulheres olham e ficam curiosas. E, muitas vezes, apesar de eu começar a jantar sozinho, acabo num papo com alguém, que se senta na mesa perguntando, inocentemente, você está sozinho?, deixando de perguntar o que realmente a interessa: por que você está sozinho?

A mulher mais linda que conheci? Nilza. Eu jantava sozinho num restaurante de comida mediterrânea quando ela apareceu. A mais linda. E mais gostosa. E mais charmosa. E mais complexa. Me ensinou a usar um computador, a configurá-lo, a entrar na internet, me formatou um *e-mail*. Eu saía com Nilza, e todos a notavam. Coitada. Sofria com isso. Queria ser comum, mas chamava muita atenção. Odiava ser linda, dá pra acreditar? Em todos os empregos, seus chefes se apaixonaram por ela, e ela se demitia. Dizia que era sempre contratada sem examinarem o seu currículo, e que tinha estudado, construído uma carreira, que era ignorada, diante de tanta beleza. Era estranho sair com Nilza. Os homens paravam de falar, para cultuá-la. As mulheres paravam, para invejá-la. Os garçons paravam de trabalhar, para admirá-la, e disputavam quem iria atendê-la. E, depois, todos me encaravam, para procurar o que eu tinha de especial por estar com uma mulher daquela. Nilza nunca dormiu na minha casa. Ficávamos horas na internet que ela configurou. Quer dizer, ela ficava, eu mal

prestava atenção. Ela não dava pra mim. Nos beijávamos. Nos abraçávamos. Na hora de irmos pra cama, ela dizia:
"Você só quer isso de mim."
Escapava e ia embora, sem desconectar o computador, e eu não sabia como fazê-lo e tinha de tirá-lo da tomada, para o meu telefone não ficar ocupado até o próximo encontro.
Nilza me enlouqueceu. Eu não sabia o que fazer para ter, amar, comer, porra! Sempre quando eu acreditava que fora convincente, ela vinha com essa:
"Você só pensa nisso."
Nunca trepamos. Tinha razão. Eu só pensava naquilo. Por isso, sumiu da minha vida.

Como todos, alimentei indiretamente o ódio que ela sentia pela própria beleza.

Comi uma fisioterapeuta da Lapa. Nem me lembro onde a conheci. Comi espaçadamente, a cada dois, três meses. Ligava, e ela aparecia. Aos poucos, me dei conta de que ela usava um perfume medonho, enjoativo. Foi aos poucos que me dei conta. Porque, nas primeiras vezes, minha concentração estava focada num único esforço: levá-la pra cama. Na quarta vez foi que o tal perfume começou a me incomodar. E tive de trepar com ela respirando pela boca. Na quinta, telefonei. Mas como pedir para que não esborrifasse tal fragrância? Ei, aquele cheiro me incomoda. Não disse nada. E ela apareceu com o aroma doce do inferno. Me deu ânsia de vômito. E eu deveria ter sugerido um chuveiro e esfregado um sabonete em seu corpo, para raspar sua pele até eliminar a derme e epiderme. Era isso. Eu deveria sugerir o impensável. Mulheres adoram o impensável. Mas não. Em 15 minutos, depois de eu estar passando mal devido ao perfume, inventei:

"Que dia é hoje? Nossa, é aniversário da minha mãe, e estão me esperando. Que merda. Tenho de ir. Me confundi."
Descemos juntos o elevador, e aquele perfume sufocava. Ela se foi. Dei uma caminhada em volta da quadra, para respirar o ar puro da noite paulistana.

Ah, sim, não nos vimos mais.

Muitas dessas mulheres talvez tivessem namorados ou noivos. E não sei o que faziam comigo. Quer dizer, sei. Davam. Davam pra mim, porque era eu o amante ideal, sem história, envolvimento, passado, ligação. Sabiam que eu queria somente foder. Tudo bem claro, desde a primeira vez. Eu tinha cara, voz, audição, olfato e paladar de um galinha. Meus olhinhos caídos e tristes, uma isca. E nada mais prático do que ter na cidade alguém que as coma e não faça perguntas. Na complexidade das forças sociais, um galinha é um mal necessário. Ele restabelece um equilíbrio.

Não. Elas davam pra mim porque no fundo achavam que eu ia parar na delas. Vaidade. Uma mulher quer ser a melhor. Esperavam que eu parasse de girar por causa delas.

As casadas estavam sempre presentes. No meu caso, há uma confissão a fazer. Nunca desprezei seus maridos, nunca fiz um comentário irônico, nunca me senti superior a eles, nunca os vi com desdém, nunca administrei uma amizade com eles, nunca interferi em seus planos, nunca pensei em roubá-las deles, fiz de tudo para preservar segredos, e, se algumas delas me pedissem conselhos, eu diria:
"Fica com ele. Você o ama. E ele, idem."
No fundo, eu as comia, mas torcia para dar certo com o marido, torcia para que o amor vencesse, para que a traição fosse

temporária, entendia esta vontade súbita, é legítima, mas o amor é lindo...

Não ria.

Petra. Garota de olhos azuis, cabelos encaracolados castanhos, com quem dancei numa boate. Conversamos, e ela trabalhava a quadras da minha casa. Disse que almoçava mal no "quilo". Convidei-a para almoçar comigo, comida caseira, dia desses. O dia desses foi dois dias depois. Cozinhamos juntos. Voltou ao trabalho e passou de surpresa no fim do expediente. Trepamos. E começamos a sair. Cinemas. E quem visse de longe pensava que eu estava namorando, porque ficávamos de mãos dadas, abraçados nas poltronas, carinhos. Mas Petra era casada. É... E, nas duas vezes em que a deixei em sua casa, ela pediu para que o taxista estacionasse uma quadra antes, o que me deprimia, pois tornava clássica sua traição, clássica demais para dois jovens como nós. Estranho. Nos cinemas, agarros. Entendi. Ela queria ser pega.
Um dia, não sei por quê, perguntei há quanto tempo estava casada. Ela respondeu surpreendentemente:
"Há quatro meses."
Um terrível mal-estar. Conversei carinhosamente com Petra, pedi para rever sua posição, insistir com ele, ser fiel. Ela, claro, achou que eu não queria mais vê-la, o que era mentira, pois era carinhosa, trepávamos bem. Bem, nos vimos outras vezes, como amigos, ela almoçou comigo, como amiga, e um dia anunciou que se mudaria pra Minas, porque se apaixonara por um mineiro. Largou o marido. No sétimo mês de casamento. E se casou de novo, com o mineiro. E a vi dois anos depois. Estava separada de novo, namorando um francês e se mudando pra França.

Eu e Cássio estávamos ricos. E com um know-how a ser aproveitado. Abrimos outra casa. Nero. Uma casa mais pretensiosa, menos alternativa, mais cara. Abrimos para mexer com nossas vidas calmas. Ele, casado com Mari, filhos, fiel, reclamão, como todo homem casado e fiel, dizia me invejar, eu, galinha, com muitas mulheres ao redor, infiel e reclamão, como todo galinha, que diz invejar aqueles que encontram a sua cara-metade e vivem um grande amor. Ambos ricos e com uma casa noturna que não parava de faturar, que não dava mais trabalho, que andava sozinha, cercados por bons funcionários. Pagávamos os melhores salários da noite, o asilo do meu avô, abandonado por sua enfermeira, mas ainda lúcido e reclamão, que eu visitava aos domingos. Dávamos bons cachês às bandas, e ainda nos sobrava muito.

Nero foi uma mudança radical. Porque passamos a conviver com um povo mais rico, mais exigente, mais chato. Reaprendizado. Pesquisar bebidas mais sofisticadas, selecionar melhor os manobristas, seguranças, garçons.

Nele, conheci um outro tipo de mulher. Mais pervertidas. Mais extravagantes. Mais conflituosas, perdidas e inseguras. Mais vaidosas. Conheci mulheres que sofriam mutações radicais. Eram gordas, sumiam, reapareciam magras. Eram narigudas, reapareciam com nariz afilado. Peitudas reapareciam sem peito. E o inverso, óbvio, especialmente. As morenas de repente ficavam loiras. Teve uma época em que todas estavam ruivas. Uma completa histeria. Foi o tempo em que trepei com mulheres que tinham implantado silicone, aquele corpo estranho com o qual o homem não sabe o que fazer. Foi o tempo em que minhas mãos se perderam em cinturas afinadas por lipos. Foi o tempo em que eu não sabia o que era cabelo e aplique. Muitas partem pra essa, não para agradar aos homens, mas ao espelho. E para destronar as amigas.

Foi o tempo em que conheci Denise, mulher de um diretor de uma indústria automobilística, mas, em segredo, lésbica. Sua técnica, engenhosa: dizia ao marido que ia sair com as amigas e comia todas elas. Por que não assumia? Porque assim eram as regras desta casta. Ou você já viu algum grande empresário assumir que é *gay*?
Eu era o seu álibi, ela frequentava o Nero, saía com uma menina e me pedia para eu dizer, se perguntado, que tinha ficado toda a noite. Denise dava charme ao restaurante. Com suas meninas esquisitas, modernas, falantes. Denise surpreendia: aparecia com uma medonha, ou com uma gata, ou com uma que nem o mais experiente diria ser sapata, e talvez nem fosse, porque Denise gostava de ser a primeira mulher na vida de algumas, gostava de provocar, convencer, seduzir, ensinar. Minha cliente VIP. Mesa cativa, furava fila, era servida com atenção redobrada. E dava palpites, me apresentava pessoas, me contava os podres.

Passei a sair com Denise. Seu marido nunca tinha tempo de acompanhá-la. *Vernissage*, estreia, festa tipo festa-beneficente-da-elite-para-arrecadar-fundos-para-obra-assistencial-do-lúmpen. Denise era convidada, eu a acompanhava. Uma mulher sempre tem um grande amigo *gay*. Um galinha também se sente confortável com uma amiga lésbica. Trocam-se segredos, sem sedução envolvida.

*Vernissage* vem de envernizar, sabia?

Numa noite, o *maître* me avisou que um sujeito no balcão queria falar comigo. O sujeito estava bêbado. Um caco. Me disse, de bate-pronto:
"Então, é o senhor..."

Pediu ao *maître* drinques para os dois.
"Eu sei que o senhor está tendo um caso com a minha mulher."
Recusei o drinque e devolvi:
"Quem é a sua mulher?"
Enumerei mentalmente a lista de mulheres casadas com quem tinha saído, me perguntando curioso qual seria. Esvaziou o copo num gole e disse:
"O senhor deve ter se apaixonado por ela, e eu não o culpo, porque é a mulher mais deslumbrante que existe. Mas eu... Com este maldito trabalho, mal tenho tempo."
Denise. O marido de Denise. Era ele, então. E já não era mais eu quem estava ali, mas um álibi.
"Por favor, não se apaixone por ela. Nem deixe ela se apaixonar pelo senhor. É só o que eu tenho a pedir. Me dê uma chance."
Tirou a carteira. E a única coisa que eu disse foi:
"É por conta da casa."

A única vez em que fui um galinha sem sê-lo. A inocência me fez refletir. Como é bom não ter culpa. Como é bom não passar constantemente por constrangimentos. Que bonito o amor entre esse homem e Denise. Ele vai lutar por ela. Eu nunca lutei por ninguém. Eu vivia na borda das relações. Nunca conhecia o fundo. Um covarde.

Comi uma cliente eventual naquela noite. Era atraente, era chique, separada. Morava numa cobertura ampla de Higienópolis. E não trabalhava. Recebia pensão do ex. Não tinha filhos. Por que recebia pensão? Por que tivera a ideia do negócio que os enriqueceu, enquanto eram um casal. Por que não trabalhava? Porque ela achava que uma mulher não deve trabalhar. Como não? Não, deve cuidar da casa, do corpo e da mente. Do corpo? Sim, ela malhava duas horas por dia. Da mente?

"É. Eu faço terapia, meditação, jardinagem e estudo francês. *Voulez-vous couchez avec moi?*"

Meter-se com este tipo de gente...

O encontro com o marido de Denise me deixou cismado. Tomar uma atitude, já que eu levava a fama: convidei-a para irmos a um motel. Ela perguntou pra quê. Eu olhei, ora, pra quê?
"Nós dois?"
"Por que não?"
"Mas eu só traio com mulheres."
"E daí?"
"Vamos estragar a nossa amizade."
"E daí?"
"Acho que não gosto de homem, só do meu marido."
"E daí?"
"Eu não sei transar com homem, só com ele."
"E daí?"
"Eu não gosto de pênis."
"Tá bom..."
"Preconceituoso. Você acha que toda mulher..."
"Não. Mas acho que você gosta."
"Babaca!"
"Hétero enrustida!"
"Machista!"
"Não fala pênis."
"Por que não?"
"É feio."
"Falo o quê?"
"Pau. Caralho. Pica. Rola. Sei lá..."

Denise, a melhor amiga, louca o suficiente para aceitar o convite, com uma inusitada desculpa: "Nunca fui a um motel". Trepamos. Trepamos bem. Amigos têm de trepar, devem, amigos fazem de tudo, por que não tudo? Sei, era aquela amiga com quem não havia sedução envolvida. Mas continuou minha amiga. Porque éramos tão amigos, que conseguimos evitar faturas e fraturas. Denise trepa bem. Como previ, uma lésbica que gosta de homem. Fez apenas uma advertência antes: "Tudo bem, eu gosto de ser penetrada, mas não quero tocar nele, nem chupar. Tudo bem?".
"Você quem manda, amiga."
E por ser a minha melhor amiga, confidenciei:
"Nunca trepei com duas mulheres. Por que você não convida uma amiga?"
"Nem fodendo!"
Denise não suportaria estar comigo, com outra, me ver com outra e a outra comigo, tudo ao mesmo tempo.

Saí uma vez com uma moça que tinha uma bunda roxa. Na madrugada, enquanto ela dormia de bruços, chamei meu porteiro para ver o incomum. Abri a porta do quarto suavemente, e ele viu. Era roxa. Ele também nunca tinha visto nada igual.
"É a coisa mais linda do mundo, seu Luiz...", sussurrou.

Saí com uma menina que fingia o orgasmo. Que cara de pau. Com ela, passei a fingir também. Na era da camisinha, isso se tornou possível: fingir, tirar rápido e voar pro banheiro. Vingar com as mesmas armas.

Saí com uma mulher que tinha um peito maior do que o outro. Ela disse isso, antes de tirar a camisa. Era o seu complexo.

Se não tivesse dito, eu não repararia. Mas, como disse, virou a atração.

Saí com uma que sentia cócegas enquanto eu chupava. Coitada.

Saí com uma atriz especialista em Nelson Rodrigues. Fez quase todas as peças, com quase todos os diretores. Chegou a se apresentar nua no túmulo do anjo pornográfico. Tinha fotos dele pela casa toda. E muitos gatos, como o autor. Era uma metida normal, nada de mais, pouco, mas muito pouco, rodriguiana.

Me lembrei agora. Saí com uma que não me deu, não tirou a roupa, só me chupou. Intrigante. Disse que não estava depilada e só queria ser vista quando se sentisse bonita. Perguntei quando a grama estaria aparada. Não riu da piada. Mas disse que voltaria. Me ligou noutro dia. Queria passar em casa, mas com o namorado. Perguntou se tudo bem. Fui curto e grosso: "Nem fodendo!".

Novamente Clara Braga. Apareceu de surpresa no Nero com o marido e uma turma. O poder. Conhecer a casa tão comentada, o lugar do momento, e assim são as coisas, há os lugares do momento, que pode ser curto, dependendo do momento e do lugar. Eu a reconheci assim que chegou. Não falei com ela. Esperei se sentarem. Esperei pedirem um vinho. E me aproximei:
"Posso indicar?"
Nela, surpresa. Me apresentou, seu ex-aluno inconformista e niilista. Riram. O marido comentou:
"Então é um dos nossos..."
Clara perguntou o que eu fazia ali. Sou o dono. Ela não sabia. Que surpresa. Não sabia? Então, meu aluno rebelde virou

empresário da noite. Trocamos sorrisos, indiquei um vinho, deixei-os a sós e, do balcão, observei. Ela era quem mais falava, era quem os fazia rir, a estrela do grupo. Jantaram e, ao pedirem a conta, outra surpresa: por conta da casa. Me encontraram na saída. Agradeceram, elogiaram a comida, a luz, a decoração, o serviço e, claro, sugeriram outra música ambiente. Levarei em consideração, voltem sempre, é só ligar e reservar, essas coisas. O marido me convidou para esticar com eles. Continuar numa festa. Olhei Clara Braga, esperando sua aprovação. Nenhuma expressão. Aceitei o convite.

A festa dos inconformistas? Numa mansão na Cidade Jardim com vista para meia São Paulo. Lá, alguns milionários niilistas, alguns jovens niilistas não milionários, champanhe e banda ao vivo, da qual eu conhecia a metade dos músicos, rodas de conversas sobre política, relações internacionais, uma roda fumando um *skank* no jardim, uma roda bem animada trocando piadas, muita gente espalhada pela casa e apêndices, um casal jogava tênis na quadra, diretores de cinema, atores e atrizes, dois roqueiros famosos, dois jogadores de futebol aposentados recentemente e acrobatas de uma trupe que cuspia fogo em pernas de pau. Alguns convidados se arriscavam numa cama elástica. Tiravam os sapatos, recebiam instruções e pulavam para agarrar algumas nuvens.
Muita mulher. Dois de meus antigos casos: uma alcoólatra, digo, ex, pois parecia longe da bebida, mais saudável, mais interessante, mais bonita do que quando saímos, e que foi *blasée* comigo, porque, pelo visto, dispensei-a da forma errada, como sempre, e uma jovem cineasta que, pelo visto, virara lésbica, porque, enquanto conversávamos, uma mulher furiosa se colocou entre nós e a abraçou.

Minha vida... Tantos mal-entendidos. Subi na cama elástica e girei pelo ar. O mundo gira, mas parece que estou sempre no mesmo lugar. Girei sem sair do lugar. Pulei sem ter para onde ir. Minha vida é o sobe e desce de uma cama elástica.

Fiz algo nesta festa que eu nunca tinha feito. Não cantei ninguém, não busquei ninguém, não joguei. Era como se um bêbado, pela primeira vez em anos, ficasse sóbrio e admirasse a diferença. Antes, meu vício me anulava, estava sempre atuando. Admirei a diferença. Como é bom ser apenas um espectador. Dancei sozinho. Bebi sozinho. Ri sozinho. Admirei a vista sozinho. Como é bom não temer pelo sim ou não. Como é bom ser invisível. Como é bom não pensar em nada, não planejar. Como é boa a paz.

Mas não fui embora sozinho. Clara Braga me perguntou: "Quer que eu te leve pra casa?"
Clara Braga estava anos mais velha, mas não aparentava. Reencontrá-la foi simbólico, uma peça que o destino me aprontou. Nós não tínhamos mais a menor intimidade. Só nosso passado era o ímã.
"Sabe que você é uma das pessoas mais importantes da minha vida?", perguntei.
Um motorista nos levou. Nada do marido niilista. Nem perguntei.

No íntimo, era isso: Clara Braga foi uma das pessoas mais importantes da minha vida.

Uma hora depois, como há anos, estávamos trepando, e trepar com alguém anos depois é como recomeçar um sonho interrompido, uma visita a um museu em que já se esteve.

Não estávamos concentrados. Pouco tesão. Curiosos em fazer aquilo tantos anos depois. Trepamos como velhos amigos. Trepamos e aconselhamos. Ela queria se aposentar, parar de dar aulas, ficar escrevendo em Paris. Disse me chupando. Falou do peso da idade, 55 anos, que tomava hormônios, que encarava a menopausa controlando a química do corpo, que a libido continuava intensa, mas que nessa idade não se fazem muitos planos, contabilizam-se balanços, o que fez ou deixou de fazer. Ela disse algo incrível:
"Sabe qual é a grande diferença? É que, com 55 anos, uma mulher se sente fora do mercado, não é mais olhada, cantada, torna-se quase invisível..."
Nenhuma tristeza nela. Conformismo. Constatação.
"Quer dizer que você anda na rua e não te chamam mais de gostosa?"
"É mais ou menos isso. Às vezes, me chamam de senhora."
"Quando eu cruzar com você, vou gritar: Aí, gostosa, tesuda, bocetuda."
"Mas eu sou gostosa?"
"E como... Sempre foi."
"Sei lá. Talvez, se eu fizesse uma plástica, esticasse esta pele..."
"Seus olhos, sua vivacidade, seu tom de voz, suas ideias, sua boca, seus ombros, seu jeito de se sentar, de respirar pelo nariz antes de falar, de rir e virar o rosto, de balançar a cabeça, de apertar os olhos quando tem tesão, como agora..."
"Você é um galinha..."
Sorriu, tirou a roupa, jogou-a no chão e se deitou.
"Gostosa, tesuda, bocetuda..."
Tirei a minha. Nos abraçamos. E disse para ela não se aposentar, que era importante estar sempre em contato com novas gerações de pensadores, que fariam ela refletir, a instigariam.

Enfiei. Abriu mais as pernas, acomodou os braços nas minhas costas e perguntou se eu nunca me casei. Sim. Perguntou se eu saía com muitas mulheres. Depois do meu sim, ela disse, enquanto cruzava as pernas nas minhas costas:

"É bom variar o estilo de vida. Em épocas, sai com muitas, em épocas, fica com uma. Por que você não se casa?"

"Você não perde o hábito de ensinar? Talvez eu não tenha encontrado..."

"...a pessoa certa?! Que clichê, Luiz. Você não é adepto de clichês".

"É. O que eu sou?"

"O mesmo menino triste e inconformado que não cede", ela disse.

"Você não me conhece."

"Ah, não?"

"Vira de quatro."

"Não, está bom assim."

"Está bom?"

"Está. Continue..."

Cedi.

Fiquei três dias sem sair de casa. Cássio apareceu. Preocupado. "Estou deprimido." Achou que eu estava apenas estressado e me sugeriu uma folga, uma praia, nada a fazer:

"Vai pro Rio, descansar."

O telefone tocou umas cinco vezes nesta curta conversa. Não atendi. Escutamos a secretária eletrônica. Por onde você anda? Não vai me ligar? Cadê você? Luiz, atende, sou eu... Ele fuzilou: "Não sei como você aguenta".

# III

III

Na orla do Leblon, conheci Malu. Eu, sozinho, naquele hotel em frente à praia, Marina. Não estava lá para conhecer a mulher da minha vida, mas para fugir dos rolos e histórias sem fim de mulheres da minha vida. Atravessei a Delfim Moreira, para tomar a primeira água de coco num quiosque. Atravessei a ciclovia sem olhar, e uma bicicleta vinha a toda. Ela teve de brecar, para não me atropelar.
"Puxa, desculpe, eu não vi que você vinha", eu disse.
Sorriu, montou na bicicleta, acenou perdoando, ia zarpar, mas não saiu do lugar. A corrente tinha escapado.
"Espere, deixe que eu arrumo pra você."
"Deixe que eu faço. Não precisa."
"Não, faço questão, a cagada foi minha, atravessei sem olhar. É que eu sou paulista."
"Você é paulista?"
"Desculpe, falei 'cagada', que feio, desculpe, falei de novo."
"Deixe que eu faço."
"Eu sou bom nisso, andei muito de *bike* na vida."
"Eu também", ela disse.
"Tem que virar a bicicleta, saiu a corrente."
"É, eu sei."
"Sai dela."
"Estou atrasada para a terapia."
"Você vai à terapia de bicicleta?"

Todas as tardes, atravessei aquela ciclovia, Leblon, naquele horário, o da terapia, com a esperança de ser quase novamente atropelado por aquela carioca a caminho do divã. Horas no quiosque, muitas águas de coco, e minhas férias se resumiram nisso, na esperança de um novo encontro, objetivo acidentalmente estabelecido no primeiro dia. Meu limite seria uma semana. Se ela não aparecesse...

Uma semana depois, mesma hora, vi, era ela, novamente despojada, sorrindo para o dia bonito, de bicicleta, a caminho da terapia, e não fiz outra coisa, arrisquei a minha vida, parei no meio do seu caminho, abri os braços e pernas, para impedir a sua passagem, e fechei os olhos. Ouvi a sua bicicleta ranger enferrujada, brecando aos poucos, até parar.
"Toma um coco comigo."
E foi assim, você sabe.

Escureceu. Atravessamos a Delfim Moreira. Eu levava a sua bicicleta. Entramos no *hall* do hotel, subimos até o meu quarto, abri bem as janelas, ela se sentou na cama, me sentei ao seu lado. Trepamos. Muito.
Passava da meia-noite quando ela foi embora. Desci com ela até o *hall*. Pediu um táxi. Disse que era perigoso andar sozinha naquela hora de bicicleta.
"Você toma conta dela pra mim?"
Sorriu. Sorriso envergonhado. Como se indicasse: a gente nem se conhece, e já rolou tudo isso.
"Tudo bem. Você gostou?"
"Adorei", ela disse. E repetiu: "Adorei".
Repetiu, para confirmar que adorou. Fui eleito o guardião de sua bicicleta. Confiou em mim. Uma noite apenas foi o suficiente. Algo estava nascendo. Dormi sorrindo. Dormia e acordava. Não distinguia o dormir do estar acordado, estágio alfa, ou beta, sei lá. E, quando acordava, qual era a primeira imagem que vinha? Dela. Malu. Sorrindo, me beijando na cama, arrumando o cabelo, despindo-se, me chupando, ela abraçadinha, ela olhando a janela. Tinha o cheiro dela abraçado em mim. Nem sonhei. Ou sonhei tudo isso?
Cedo, pesquisei se havia alguma bicicletaria ali perto. Havia, a cinco quadras, na Dias Ferreira, só seguir a ciclovia. Empurrei

a bicicleta por cinco quadras. Pedi para dar uma geral, trocar os pneus, as correntes, o selim, lubrificar, e esperei num restaurante natural, onde tomei um café da manhã natural, para prolongar a minha vida. No que eu pensava? Nela.
Voltei para o hotel, deixei a bicicleta seminova no depósito de bagagens, e, na recepção, meu coração disparou quando pedi a chave. Havia um recado. Malu, às 10h23. Me liga. Às 10h23, ela pensara em mim. Fiz um charminho. Fui à praia. Sol. Dei um mergulho. Andei até o Posto 9, outro mergulho, a água verde, transparente, o mar calmo. Voltei. Um banho e só então liguei. Vem almoçar comigo, aqui no Leme tem um restaurante especialista em ostras, você gosta de ostras?

Peguei um táxi e fui. Lá estava ela, sorridente, com roupa de trabalho, muito diferente da despojada ciclista. Aquele cumprimento seria significativo: o cumprimento do segundo dia. Se um beijo na boca longo e em público, paixão desmedida, se um selinho, paixão envergonhada. Malu me beijou no rosto. Terceiro significado: a parada não estava ganha ainda, eu teria de lutar, um caminho longo, mas te dei esperanças, te chamando para um almoço no segundo dia, o que prova muita coisa. Nos sentamos numa mesa ao fundo. Havia muito barulho. Os restaurantes no Rio são muito barulhentos. Cariocas falam muito alto. E Malu fala baixo. Como se tudo o que dissesse fizesse parte de um grande segredo.
"Sonhei com você. Não é engraçado? Sonhei que eu estava num pequeno submarino, sabe, desses submergíveis que caçam tesouros? Você chegou num outro submergível, parou na minha frente e plugou uns cabos no meu", ela disse.
"Vamos caçar tesouros juntos?"
"Não sei. Estranho, né? Submarino viaja para todos os cantos, explora o desconhecido, mas é um ambiente artificial: sem

o casco, a gente morre, há muita pressão externa querendo implodi-lo."
"Estas ostras também têm cascos. Para afastar predadores."
"E quando uma ostra quer namorar?"
"Sai do casco. É quando fica vulnerável."
"Engraçado a gente estar falando disso..."
"O que vamos beber?"

Voltei de ônibus para o hotel. No Rio, é fácil andar de ônibus. Uma linha reta. Com uma tremenda vista na janela. Combinamos de nos encontrar no fim da tarde. Tínhamos uma missão: caçar tesouros, nos desviando de predadores.

Apareceu com a roupa de trabalho ainda. Já íntimos, tomamos banho juntos. Com a luz do banheiro apagada. Quer dizer... Ela entrou no quarto, nos beijamos, ela disse que estava toda suada, eu sugeri, toma um banho, ela ficou envergonhada, eu disse, tudo bem, é um hotel, podemos zonear tudo, hotel é bom por causa disso, é a oportunidade que temos de virar criança bagunceira, ela entrou no banheiro, deixando a porta aberta, me senti convidado e a segui logo em seguida. Ela, tímida, ficou sem ação. Por isso apaguei a luz. E a despi. Calmamente. Peça por peça. Sem encostar a mão na sua pele. Nua, ela entrou no chuveiro, deixou o boxe aberto. Era o convite. Me despi e entrei. Tomamos um banho longo. Sem nos encostarmos. Quer dizer... Havia um sabonete ou xampu entre a minha mão e a sua pele. E havia espuma entre a sua mão e a minha pele. Era o nosso casco frágil.
Pedi para a arrumadeira lavar a sua roupa. Fomos pra cama e trepamos toda a noite. Jantamos no quarto. Vimos a noite pela janela. Dormimos e acordamos. Trepamos e dormimos. Quando acordei, ela estava de lado me olhando. Sorriu, quando abri

os olhos. Não dormia, me olhava. Por que estava me olhando? Sua roupa chegou. Ela se foi, de táxi, o seu submarino. Levei-a até o ponto. A bicicleta continuou no depósito.

Malu, o que você sabe dela? Que morou em Nova York. Que se mudou pra São Paulo meses depois que nos conhecemos. Que é quieta e calada e fechada e misteriosa. E que no quarto ano de casada comigo me traía com um missivista piegas. Ah, e sabe também que ela gozava sem colocar as mãos em si mesma, e sem eu tocá-la. E que sexo com Malu era diferente de tudo o que eu já havia experimentado.

Mas, então, você não sabe de nada.

Malu costumava me olhar enquanto eu dormia. Só descobria quando abria os olhos surpreendendo-a. E cheguei a perguntar:
"O que você está vendo?"
"Você."
"Você não dormiu?"
"Não costumo dormir a essa hora."
"Ficou me vendo dormir."
"É."
"Por quê?"
"Porque é bonito."
"Eu dormindo?"
"É."
"O meu rosto?"
"Tudo. Você tem umas pernas bonitas."
"O que são pernas bonitas?"
"Assim. Branquinha, fininha, com estas pintinhas..."

Passamos quatro noites naquele quarto. Contando pintinhas, catando cabelos, alisando sobrancelhas, deslizando o dedo em dobrinhas, procurando ler as retinas, conhecendo as orelhas, escutando a barriga roncar, roendo cutículas, ouvindo os tons que nossas vozes alcançavam, procurando chiados nos peitos e escutando as batidas dos nossos corações. Trepávamos antes e depois de um banho. E antes e depois de comer.

Adorou a reforma que fiz na bicicleta. Saiu pedalando. Como ela era linda pedalando.

No fim de semana, ela de folga, me levou para conhecer o Rio. Fomos a Grumari, uma praia distante, sem construções, quase deserta, que lota nos finais de semana, mas que estava deserta, porque estava nublado, e carioca não vai à praia com a ameaça de chuva. Quando choveu, comíamos uma moqueca num restaurante do canto. Me levou para conhecer a Vista Chinesa. Me levou para comer na Dias Ferreira e na praça Mauá. No domingo, passeamos de mãos dadas pela estrada da Floresta da Tijuca, mas vimos o pôr do sol no Arpoador.
Na segunda-feira, foi junto comigo ao aeroporto, faltando ao trabalho. Quietos durante o trajeto, olhando o Pão de Açúcar do Aterro. Nos despedimos como se eu estivesse a caminho da guerra.
No avião, me deu uma saudade... Eu não tinha para onde olhar, o que fazer com as mãos. Planejei. Malu, subgerente do Le Meridien. Eu venderia tudo, me mudaria pro Rio, abriria uma casa noturna lá. E compraria uma bicicleta, para juntos percorrermos a orla aos fins de tarde. Não deve ser difícil andar de bicicleta.

Cheguei a São Paulo, o céu cinza, o congestionamento de

boas-vindas, a vida sem sentido. Peguei um táxi até minha casa. Subi, desfiz a mala. Havia 37 recados na secretária. Havia um vazio tremendo entre aquelas paredes. Como se os livros não tivessem nomes, os discos, músicas, como se as cores fossem uma só.

"Malu?"
"Oi, gatinho."
"Malu, estou morrendo de saudades."
"Eu também. Não penso em outra coisa."
"Eu também."
"Não consigo nem trabalhar."
"Sério?"
"A ligação está ruim, onde você está?"
"No aeroporto."
"Que aeroporto?"
"Santos Dumont."
"Mas você não embarcou ainda?"
"Não. Quer dizer... Embarquei. Voei até São Paulo. Mas me deu uma coisa. E voltei."
"Luiz..."

Eufórica, foi me pegar, apesar de eu insistir em ir de táxi. Me levou até o mesmo Marina, diante da orla já lotada. Refiz a burocracia, e subimos juntos para o mesmo quarto. Como se estivéssemos em lua de mel. No nosso quarto, nossa vista, nossa cama. Eu temia estar sendo inconveniente. Ora, eu nunca me dispusera tanto a uma mulher, eu nunca me entregara tanto, eu nunca arriscava, e quem era aquele ali no Rio? Não era eu, era um que respirava aflito, que perdia o chão e duvidava do rumo tomado. Alguém cedendo. Mas ela amou aquela surpresa. Ela me abraçou com tanta força, que as marcas ficaram impressas. Vi em seus olhos que ela me queria de volta. Vi em seus olhos: isso está ficando bom...

Detalhe. Ela não me levou para sua casa, mas guiou direto e sem perguntar em direção ao hotel, sem que eu tivesse indicado o destino. Bem, pensei, para ela, sua casa é a última parada, ela não estava preparada para receber um hóspede ilustre.
Outro detalhe. Fui sem bagagem. Para você ver o quanto eu estava atordoado. Nem uma escova de dentes. Talvez porque eu não soubesse se seria aceito, se seria convidado a ficar.

Que coisa. Antes, eu cagava para cada passo dado na vida. Agora... Será que é a idade?

Ficou pouco tempo comigo. Subiu, nos beijamos rapidamente. Tinha de se arrumar. Tinha uma festa importante. Não podia faltar. Eu fui pra lá de educado, apesar de, no fundo, me sentir rejeitado. Eu, invadindo a sua rotina, por isso fui compreensivo. Mas não fui convidado para transformá-la de vez: tinha sua casa, seus compromissos, sua festa imperdível. Joguei tudo pro alto. Ela me jogou pra dentro de sua vida? É isso? É. Ela insistiu:
"Você vai à festa comigo."
"Não, são seus amigos."
"Não, faço questão."
"Não quero atrapalhar."
"Você não está atrapalhando."
"Nem tenho roupa."
"Pode ir assim, é uma festa informal."
"Não, você vai, e eu te espero aqui, a gente pode ficar juntos amanhã."
"Não, você vai comigo, quero você comigo o tempo todo."

Malu se foi. Aproveitei para andar pela Ataulfo de Paiva e comprar duas camisas, duas calças, duas cuecas e parar numa farmácia.

Mais tarde, ela passou para me pegar. Estava deslumbrante. Com um vestido verde, leve, uma sandália plataforma, o cabelo solto, sem maquiagem, sem brincos e anéis, e Malu é assim, quanto mais sutil, mais deslumbrante. No caminho, pegamos duas amigas suas, que estavam a toda, me cumprimentaram como se dissessem, ah, é este? Ah, é este... Perguntaram por São Paulo. Uma adorava, especialmente as baladas, a outra detestava, especialmente o trânsito e a falta de horizonte. Uma conhecia o Espaço, já tinha ido algumas vezes. Convidei-a para voltar e conhecer o Nero. A outra quase não saía do Rio. Malu ria da espontaneidade das amigas, do inquérito. Me vi sendo muito simpático. Me vi representando. Me vi como numa prova, numa entrevista, num concurso. Tiraria Malu aos poucos de suas vidas. Elas só aceitariam se fosse por uma causa justa.
A festa rolava num apartamento enorme, uma festa bem organizada, com manobristas, seguranças, lista com nomes na porta, realmente aparentava uma festa imperdível, daquelas que é comentada, o assunto em muitas praias.

De cara, topei com algumas figuras que só conhecia da TV. Uma mistura interessante. Era de um ator que protagonizava um longa. A festa comemorava o final das filmagens. Muita bebida. Garçom. Comida. *Sushiman*. Muitos ambientes. Uma varanda enorme. Um DJ numa pista na sala de jantar. Minha primeira impressão: apesar da fama de desleixados, cariocas sabem dar festas. Encontrei alguns conhecidos. Os mesmos de sempre.

A noite cria um tipo de amizade com que só se convive aos berros, por causa da música, que não se sabe o que faz, porque, nas noites, ninguém desenvolve grandes teoremas, e não se conhecem direito o rosto e as expressões, quando mentem, porque a noite é escura, o que cria um infindável número de tipos conhecidos-desconhecidos. Sim, no fundo, na noite ninguém se conhece.

Popular, Malu. A cada dois metros, parávamos para ela ser cumprimentada, e eu, apresentado. Eu, o estranho que acompanhava a querida, nossa querida. O forasteiro. Quem é? O que faz? Por que ele? Malu evasiva: "Este é Luiz". E partia para uma conversa quase em códigos, de um mundinho fechado de amigos que se conheciam de longa data. Suas amigas doidinhas me fizeram mais companhia do que ela, entretida com tantas novidades. Muito homem. Os caras a cumprimentavam. Muitos abraços apertados. Muitas mãos passadas no seu rosto, ombro, cintura. Nunca fui ciumento. Mas com Malu... Reagi como um diplomata pacifista, procurando o consenso no *front*. Eram seus amigos, alguns ex, com alguns ela deu aquela trepada insignificante, com outros a trepada foi animal, Malu fora consumida, sugada, explorada, admirada, observada, penetrada por muitos dali, chupara muitos paus dali, gozara em muitas bocas dali, paciência, fazer o quê? Fui compreensivo e gente boa, o maior gente boa: E aí, prazer, belê?

Paixão é uma merda.

A noite avançava. Um galinha, numa festa daquela, faria a festa. Neste meio, o tesão escorre pelas paredes, meio de um povo cuja vaidade é matéria-prima, e a sedução, um instrumento de trabalho. Malu era daquelas que, numa festa como

aquela, cada um pro seu canto. Ela foi pro dela. Dançou com amigas e amigos. Fiquei com amigos, desconhecidos e inimigos. Digo, concorrentes. Eu, o estranho, fui cobiçado, como todos os estranhos, a carne fresca. Uma cantora de samba-*rock*, que já havia se exibido no Espaço, ficou no meu pé. Bebia comigo. Cantava pra mim. Me cantava. Vez ou outra, Malu aparecia:
"Está se divertindo?".
E nem escutava a resposta, pois alguém a interrompia.

A noite avançava. Já naquela fase da festa em que beijar na boca era o mesmo que pedir fogo. Entrei no banheiro com a cantora. Seria a vingança perfeita, foder com ela no banheiro, uma rápida. Me vingaria de todo o ciúme, me vingaria dos tantos carinhas com quem Malu dançava, fofocava, ria, abraçava. A cantora mal ficava em pé. Sentou-se na privada, abaixou a calcinha e mijou na minha frente. Perguntou:
"Posso te chupar?"
A compensação de toda aquela jornada frustrada, porque era assim que eu me sentia, exagerei, deveria ter ficado em São Paulo, caminhado em passos curtos, *va piano va lontano*, diria o meu avô. Deveria ter sido frio, controlado, dono da razão, como eu era com todas as outras. Me excedi.
"Deixa eu te chupar..."
Senti falta da minha São Paulo, minha casa, minha secretária eletrônica, com seus trinta e poucos recados, saudades do meu avô ranheta no asilo, de Denise, de Clara Braga, da japa, da coreana, da chinesa, da minha vida sem âncora. Eu era agora um navio que levara um torpedo no leme. Estava à deriva.
"Vem aqui, deixa eu chupar."
O vazio na vida de um homem solteiro é um consolo, a solidão

é paz, não quero planos mais, não quero ninguém, queria a minha vida de volta, nela eu sabia respirar, conhecia os atalhos, a cor do vento.
"Por que ele não fica duro, você não quer?"
Levantei a calça e saí do banheiro, deixando a pergunta no ar. Vi a porta do apartamento aberta e algumas pessoas entrando no elevador. Num impulso, fui com elas. Descemos. Pedi uma carona. Leblon. Ou em qualquer lugar que tivesse um táxi. Eu não tinha ideia de onde estávamos. Era um tal de Parque Guinle. Durante a carona, fiquei mudo. Me deixaram na Bartolomeu Mitre, a quadras do hotel. Amanhecia. Fui a pé até a praia. Me sentei no quiosque e vi o sol emergir do mar. Eu, triste, abandonado, confuso, perdido, uma moeda girando sem definir: cara ou coroa.

Que merda...

Malu não havia feito nada de mais. Mas não tinha sido a mesma de antes. Malu tinha sido o que era antes de eu entrar na sua vida. Malu não tinha feito jus à minha viagem impulsiva.

No hotel, três recados. Malu, às 5h54, ligar urgente para o celular da amiga. Malu, às 6h25, onde você está, aconteceu algo? Malu, às 7h05, estarei em casa, me liga, não vou dormir enquanto você não ligar. Entrando no quarto, o telefone começou a tocar. Bem, me achou, transferiram a ligação, sim, senhor Luiz chegou: "Vou estar transferindo a ligação". Espere. Claro que ela gosta de mim. Claro que está louca por mim. Que merda, o que você está fazendo?

Primeiro toque. É Malu, óbvio, é a quarta vez que liga, está em sua casa, preocupadíssima. E se eu não atender?

Segundo toque. Não quero atender. Quero fugir. Minha vida sem ciúmes, sem perguntas. Malu não fez nada. Sou eu que quero minha solidão, não sentir. Quero minha cidade, minha galinhagem.

Terceiro toque. Mas é uma mulher diferente, me faz sentir diferente, me fez ver outra vida, me tirou algumas amarras, abriu um embrulho.

Quarto toque. Ela me ama, me quer, está desesperada à minha procura, que delícia, aqueles olhos negros, aquele sorriso de mulher mais feliz do mundo.

Quinto toque. Preciso atender. Foda-se. Mais uma chance à vida nova. Só mais esta chance. O que tenho a perder?

Sexto toque. Se eu não atender logo, atenderá a caixa postal.

Sétimo toque. Que desculpa eu vou dar?

"Alô"

"Luiz? Luiz, querido, o que aconteceu?"

"Malu..."

"Luiz? Você foi embora de repente? O que eu fiz de errado? Fale comigo."

"Você não fez nada de errado."

"Eu vou praí."

"Não precisa."

"Me desculpe. Me diz. Você foi embora."

"Eu estava passando mal."

"Mal?"

"Mal. Agora melhorei um pouco."

"O que foi?"

"Eu vomitei no banheiro."

"Por que você não me disse nada?"

"Deve ter sido a comida do avião. Eu não queria te atrapalhar."

"Atrapalhar?"

"Sua festa, seus amigos, você estava tão contente, eu não queria ser o chato estraga-prazeres."
"Você melhorou?"
"Sim, andei na praia, tomei uma água de coco."
"Eu vou praí."
"Não precisa."
"Mas vou."
"Malu, deixa."

Em 15 minutos, a recepção a anunciou. Mandei subir. Fui ao espelho, me concentrei: transformar um rosto bronzeado e saudável num rosto pálido, doente. Enfiei o dedo na garganta para, sim, vomitar de verdade. Molhei a cabeça, bagunçando os cabelos. Atendi a porta como se eu estivesse recebendo a Morte em pessoa. Ela entrou, me abraçou e chorou muito. Com a cabeça no meu ombro, chorou de soluçar, abraçada, no pequeno corredor do quarto, chorou sem parar. É, ela me amava. Me fez bem vê-la chorar, seu desespero, culpando-se por algo que não fez. É, voltei ao trono, ao comando, chora, se me quer, porque te quero muito, e você tem de dividir toda angústia da insegurança comigo. O papel se inverteu. Malu ficou pálida, sem forças, com ânsia de vômito, arrastando-se pelo quarto. Deitei-a na cama e pedi o café da manhã.

"Quando me avisaram que você tinha ido embora, fiquei em pânico, te procurei pelo prédio todo, tinha a esperança de que fosse mentira, de que você estivesse em algum canto, sei lá, quando vi que você foi embora mesmo, saí correndo, te liguei, achei que você tinha ficado com ciúmes, sei lá, dos meus amigos, estou tonta, minha pressão caiu, deita aqui comigo, vamos ficar aqui abraçadinhos, desculpe eu ter chorado, que vexame, você passa mal, e eu que dou trabalho, eu não deveria ter ido à festa, que absurdo, você vem até aqui pra me ver, e eu..." Ficou deitada de lado, passei a mão no seu rosto, mandei respirar fundo, só pelo nariz, chegou o café da manhã, nem encostamos na bandeja, apesar de eu estar com uma puta fome, o café esfriou, e dormimos abraçados, de roupa, quer dizer, ela dormiu pesado, eu, leve, e isto sempre me atormenta: uma mulher, quando está deprimida, dorme pesado. Eu dormi leve, porque ainda não acreditava na farsa que eu havia representado. Pode um amor assim nascer de uma farsa?

O que acontecia? Construía-se um grande amor? Era isso mesmo? Vou nessa? Mergulhar? Vou fundo? Encarar?

Juntando cacos.

Malu dormiu comigo naquela manhã. E durante os outros dois dias que passei no Rio. Seu celular tocava, ela não atendia, não queria saber de amigos, de comentários sobre a festa, de nada, queria curtir cada segundo comigo, dizia assim, curtir cada segundo. Era impressionante a diferença da indiferente da festa e da presente Malu. E ela nem deveria se culpar tanto assim. Era eu o atormentado. Ela viu algo em mim e resolveu investir. Viu o quê? Ou foi o seu terapeuta quem a orientou. Sair com uma mulher que faz terapia tem disso. Você sabe que será enunciada na próxima sessão a sua existência. Conheci um carinha. Quem é? Ah, é um carinha legal, e transei com ele na primeira noite, viu como estou melhorando? O que ela disse na terapia? Que há alguém com quem ela se sente bem, que está insegura, mas deve investir, pois, como eles mesmos já haviam trabalhado, ela tem dificuldades em levar alguém para conviver com sua rotina toda organizada? Espere. Este cliente sou eu. Está bem, Malu deve ter pedido conselhos. Pedem-se

conselhos em terapias? E o sujeito deve ter me aprovado. Era um terapeuta homem? Vai fundo, garota. Entra de cabeça.
Só sei que passamos os dias grudados. Quer dizer, ela ia trabalhar e voltava. Éramos só nós dois no mundo. A adrenalina abaixou, fomos nos habituando um com o outro, nossos relógios se acertaram, acordamos e dormimos na mesma hora, tivemos fome e sede na mesma hora, tivemos desejos insanos na mesma hora e quase gozamos no mesmo segundo; até os suspiros colidiam.

Voltei para São Paulo com uma dorzinha no peito e um alívio tremendo. Alívio? Sim, para um solitário profissional como eu, não era da noite pro dia que minhas noites e meus dias seriam compartilhados. Adorei voltar para São Paulo, abrir a porta de casa e não encontrar ninguém, ter toda a cama pra mim, todos os espaços, ser o único que emitia barulhos.

Da noite pro dia.

Bem, havia 54 recados na secretária. Apaguei-os sem escutar unzinho. Mas meu telefone não parou. Pouco a pouco, fui desatando nós, atendendo, anunciando, estou namorando, apaixonado, é verdade, queria me dedicar a ela, ser fiel... Mulheres ficam putas quando tal decisão é anunciada. Nem todas. Algumas torcem, acham lindo, colaboram, que bom, você precisava, perguntam se ela é bonita, quantos anos tem, e é nesta lista de prioridades que se descobrem temores futuros, sempre as duas perguntas, se ela é bonita e quantos anos tem. Sim, ela é bonita. Quantos anos tem? Sei lá, por que pergunta? E elas dizem que os homens só querem saber das ninfetas, essa babaquice toda. Poucas torceram, mas a maioria ficou puta e fritou a mina, porra, quem é estazinha, carioquinha de merda?! Algumas, de fato, nunca mais me ligaram, outras poucas insistiram, queriam me ver mesmo assim, queriam foder mesmo assim, e daí que você está apaixonado, babaca, quero te ver, estou com saudades, estou precisando. E isso é delicioso, como algumas se libertam e falam abertamente, preciso te encontrar, porque não estou me aguentando. Adoro estas meninas e mulheres que circulam pela cidade precisando foder, telefonando sem parar para os amigos solitários e galinhas, e cheguei a ser um desses, aquele um sempre de plantão para emergenciais corpos carentes, era um desses até conhecer Malu, atendia, como um traficante com a agulha em riste, porque mulher quando quer, meu amigo, tem que rolar.

Quem me conhecia intimamente via em mim um outro sorriso, um outro humor, pô, cara, você está bem, o que aconteceu? E minha resposta era curta: Me apaixonei!

Me apaixonei.

Malu me ligava todas as noites, na alta noite, porque ela sabia que eu chegava às duas, três horas, e me ligava com aquela vozinha sonada, com aquele telefone apertado entre a orelha e um travesseiro, com aquele sonzinho de TV ligada ao fundo, "Corujão" baixinho, e ficávamos uma hora, uma hora e meia, lê-lê-lê-lê-lê, né-né-né-né-né, tu-tu-tu-tu-tu-, pi-pi-pi-pi-pi, e sei lá sobre o que conversávamos, não me lembro, não me lembro mesmo, sei lá quantos assuntos, lá-lá-lá-lá-lá, mas era tempo pra caralho, e era ela quem sempre me ligava, porque eu não iria acordá-la, e ela acordava cedo, pegava no batente às nove horas, e a mina, não sei como fazia, porque dormia cedo, acho que colocava um despertador para me ligar, só podia ser. E não existe nada mais apaixonante do que ter alguém apaixonado assim.

Voltei pro Rio no outro fim de semana. Para o mesmo Marina. É, Malu não me convidava para ficar com ela. Nem me levou para conhecer a sua casa. Mas, de resto, caminhando.

Voltei pro Rio de novo no outro fim de semana. De novo no hotel. Tudo bem, já não me encanava mais. Foda-se a sua casa. Pau no cu.

E ela veio pra São Paulo no outro fim de semana. Ficou na minha casa, óbvio. Fui buscá-la no aeroporto, óbvio. De táxi. Mandei ele seguir pelo Ibirapuera, avenida Brasil, ruas arborizadas, Jardins, queria mostrar uma cidade menos desumana, se é que é possível. Entramos em casa, e ela ficou surpresa com o tamanho dos ambientes, apartamentos em São Paulo, especialmente os antigos, parecem gigantescos, comparando-os com os do Rio, e a razão é tão simples, cariocas têm uma vida de rua, passam mais tempo nas calçadas, praias, ciclovias, praças, paulistano passa muito tempo dentro de casa, ou num carro, num trânsito, ou num restaurante, ou sei lá onde. Malu elogiou o meu apê, a decoração, o estilo homem solteiro. Mal sabia ela que eu passara as últimas duas semanas dando um tapa nele, nova geladeira, fogão, novas panelas, lençóis, toalhas, um novo sofá, uma nova cama, e isso foi pra lá de simbólico, trocar de cama, aposentar a que tantas histórias testemunhou por uma novinha em folha. Dei pro porteiro a minha cama antiga. E os fantasmas de tantas trepadas foram com ela. Que deem bons sonhos.

Ele, meu porteiro, que sempre anunciava as mulheres com um

tom de voz cúmplice, fã, que impedia a subida de outras como um guarda de fronteira, criando desculpas esfarrapadas, mas convincentes. Sem este sujeito, minha vida de galinha teria sido um tumulto. Falo dele como se não precisasse mais de seus serviços. Céus...

Taí: um homem solteiro deve muito a seu porteiro. E este precisa ter uma memória fotográfica elaborada, para saber quem deve e quem não deve subir, porque você está comendo uma, e a que comeu há dois dias aparece, vai entrando, íntima, e o galinha avisa, deixe subir a que chegar primeiro, mas não aquela que comi há dois dias, bem, não dizia a que comi, não entrava no mérito, dizia aquela que veio aqui anteontem.

Espere lá, também não era assim, também eu não comia uma mulher diferente a cada dois dias, este relato causa tal ilusão porque só são narradas as comidas em sequência, o que dá a impressão de que era uma atrás da outra. Bem, era uma atrás da outra, mas havia intervalos, eu chegava a ficar um mês, às vezes dois, sem comer ninguém, bem, dois acho que nunca fiquei. Sempre havia as amigas, as cartas escondidas nas mangas, as eventuais, e não era uma atrás da outra, você já deve ter percebido, às vezes eu comia a mesma por dois, três meses, quase um namoro, só não era um namoro porque não era todos os dias, era relativamente espaçado, como num tratamento dentário, não se vai em dias seguidos, mas uma vez por semana, ou a cada 15 dias, e quando é assim com uma eventual fica evidente o trato para ambas as partes, estamos ficando, não namorando.

Ficando? Sim, quando você vê a mesma pessoa, trepa com ela durante semanas, mas a vê no máximo duas vezes por semana, no máximo, e não vai a festinhas de seus amigos, muito menos conhecer sua família, no máximo sai com ela e a melhor amiga, uma pequena concessão que se faz, parte do jogo, porque muitas melhores amigas querem experimentar o cara que está ficando com a melhor amiga, e, se é uma gostosa, torce-se para que haja um canal de contato, para comer também a melhor amiga, e melhores amigas são excitantes, safadas, nos olham testando a nossa fidelidade, nos olham com mil malícias e nos olham para competir, também, não sou melhor do que ela? Isso é ficar.

Mulheres...

Malu em São Paulo. Intenso. Eu tinha em mãos um roteiro previamente estabelecido, bem desenhado. Queria mostrar a minha cidade como se ela fosse candidata à próxima Olimpíada. Malu já a conhecia. Superficialmente. Bem, quem não é de São Paulo só pode conhecê-la superficialmente. São Paulo é um bufê. Ela já tinha vindo duas vezes, num festival de *jazz* e na mostra de cinema. Tinha se hospedado com uma amiga, Sueli, que, bem... Sueli morava na Chácara Flora, longe pra caralho. Amiga que Malu descrevia como linda, recém-separada que andava deprimida, carente, e que não achei nada de mais, ou até era linda-carente, mas eu não tinha olhos para o que se postava em torno de Malu. Eu só via Malu.

Ela chegou sexta à tarde. À noite, jantamos com Sueli no Fasano, jantamos bem e caro, e eu nunca tinha colocado os pés nele, só Malu para... Mais à noite, fomos ao Nero para ela conhecer e ao Espaço para ela dançar, um pequeno teste, muitas das minhas antigas estariam, estavam, vieram me, nos cumprimentar, e ao se certificarem de que eu estava acompanhado e que, segundo boatos, era pra valer, claro, me provocaram, me beijaram melosamente, me olharam frente a frente, abraços apertados, e Malu não perdeu a pose, nem comentou nada depois, papeava com Sueli, enquanto eu (ela) era julgado (avaliada) pela Inquisição. Ela não expôs um minúsculo grau de contrariedade ou ciúme. Em seus músculos, alegria, desbravando um novo mundo.

No sábado, levei para almoçar na Cantareira. Depois, fomos ao Masp, tomamos sorvetes nos Jardins e passeamos pela Oscar Freire, o paraíso dos que fazem turismo em São Paulo, e Malu entrou em quase todas as lojas, mas só olhou. Mulheres, quando estão acompanhadas de namorados, não se sentem à vontade para investir em compras, apenas quando estão acompanhadas de uma amiga. E Sueli não estava conosco desta vez.

Fazer compras não é uma droga sociável.

Malu me disse que Sueli disse que eu tinha fama de galinha. O quê? Todos diziam. Eu disse que percebi que Sueli não tinha ido com a minha cara. Ela disse, imagine, ela gostou de você. Eu disse que não, ela não gostou, mas que tudo bem. E confirmei, é, tenho uma puta fama de galinha. Malu sorriu. Só disse: "É?". E não disse mais nada.

Fomos ao Cine Sesc com a sua amiga, fomos jantar num japa na Liberdade, fomos num inferninho na Frei Caneca, fomos pra casa beber champanhe, ficou tarde, a amiga que não foi com a minha cara saiu fora. Então, Malu me contou, Sueli é um tipo complexo, foi abandonada pelo marido, é daquelas pra quem tudo dá errado, sempre infeliz, insatisfeita, mal--amada, sacanagem, porque é uma mulher bacana, madura, independente, e parece que a maioria dos homens não se afina ao tipo, e eu disse: "É?". Malu me pediu para ter paciência com a amiga. Malcomida era o termo, que não foi pronunciado. Tudo bem, vai, foda-se Sueli.

Domingo, levei-as para almoçarem no Peruchão, galpão bagaceiro, desordenadamente paulistano, com umas das melhores ostras da cidade; novamente, às ostras. Ela e a amiga não paravam de falar. Botavam a conversa em dia e mal reparavam na caótica e indecente paisagem. Aliás, foi assim, Malu não se impressionou com o meu roteiro. Eu podia tê-la levado a qualquer lugar, ela só reparava em mim, estava feliz de estar comigo, eu era a maior atração turística, eu indicava aqui morou Plínio Marcos, é um prédio planejado por Oscar Niemeyer inspirado na bandeira do estado, e ela olhava e não dizia nada, mas se eu dissesse aqui morei quando criança, ela olhava atentamente, mandava parar o carro e dizia, queria ter te conhecido quando você era criança, você era loirinho?

Assim foi a nossa rotina em dois meses. Nos víamos semanalmente. Aos fins de semana. Eu ia pro Rio, ficava no Marina, ela vinha pra cá, ficava em casa, e saíamos com Sueli, apesar de ela não ir com a minha cara, o que ficava evidente quando Malu nos deixava a sós, ia ao banheiro, sei lá, pois eu e a amiga não nos falávamos, mal nos olhávamos, e se dirigíssemos a palavra era para algo como: "Você tem fogo?". Eu sabia, Sueli tinha um arquivo rico em passagens da vida de Malu. Eu preferia não conhecer passagem alguma.

Durante a semana, eu trabalhava, malhava, andava nessa fase, nadando, malhando, coisa da idade, ou de homem apaixonado? Apaixonado? Sim. Eu andava pela cidade, cruzava com as mais gostosas, mas não sentia choque. Não, eu não queria, me enjoara, era tudo igual, é assim, são todas diferentes, mas são todas iguais, são todas complexas demais, dão trabalho, enchem o saco, sexo perdeu o senso, tudo é sexo, é só enfiar, buraquinhos estranhos, feios, até, meladinhos, as mesmas caras, as mesmas mentirinhas, os mesmos fins, como o *reggae*, parece tudo igual.

Está vendo como eu andava apaixonado?

Malu já tinha se casado. Não no papel. Em Nova York. Morou três anos com um cara. Um austríaco. Ela se mudou pra lá porque vivia naquele limbo o-que-fazer-da-vida. Aprendeu línguas, fez curso de teatro, trabalhou numa loja, chegou a gerente. Paralelamente, estudou turismo, para manter um visto de estudante acomodado em seu passaporte. Seu tal marido austríaco era jornalista, correspondente, morava bem, viajava muito e era estranho, ela me contou, não assumia muito o casamento, tinha uma esposa de quem nunca se divorciava, nem cortava os laços, na Suíça, com quem tinha dois filhos, e muitas vezes Malu atendeu telefonemas da suíça-alemã e ouviu desaforos, tipo sua puta brasileira, está arruinando o meu casamento, ele não te ama, só quer se aproveitar de você, sua macaca, empregadinha doméstica e putinha. Malu deu uma prensa no cara. Ele, em cima do muro, dizia que a mulher se mataria se eles se divorciassem de verdade. Malu deu um basta e voltou para o Brasil. E, claro, foi fazer terapia para entender.

"Eu queria deixar algumas roupas na sua casa. Assim, quando eu vier pra São Paulo, não preciso nem trazer mala. Posso?"

Esta pergunta me deixou quatro dias sem dormir. Nunca deixei uma mulher deixar na minha casa uma escova de dentes

sequer. Deixa quieto, eu dizia. Mas não era uma mulher qualquer. Era Malu. Sei que muitas tentam, quando gostam de um cara, e especialmente quando ele é solteiro, deixar sinais de sua presença, brincos, anéis, pulseiras, casacos, até calcinhas, para trazerem a mudança aos poucos ou indicarem às aventureiras que outra predadora caça. Bem, nem todas. Tem aquelas que só querem uma noite por uma noite apenas.
Muitas mulheres fingem que são esquecidas, distraídas, desligadas, estabanadas. Sei... Mulheres sempre jogam com quatro lances de vantagem, pensam quilômetros à frente, sabem a altura da maré do outro mar, sabem quando o vento vai soprar.

Com Malu ficava sério. Eu continuava apaixonado. Tudo bem, falo a verdade, estar apaixonado é uma condição transitória. Eu estava amando. Tudo bem, amar não é definitivo. Eu estava para me casar. Casar é sério. E me tirava o sono. Casar? Logo eu? Está na hora de você se casar, me diziam as amigas, os amigos, a família, os inimigos. Por que um homem solteiro incomoda tanta gente? Quando um doente terminal descobre a sua condição, logo procura outros que tenham o mesmo problema para repartir dúvidas, tristezas e não se sentir só. Existem os grupos de apoio a alcoólatras. Existem os narcóticos anônimos e os vigilantes do peso. Descobri o numeroso grupo dos vigilantes morais que pressionam os devassos: Por que você não se casa de uma vez? Um solteiro convicto contagia?

"Cansa, né?"
"O quê?"
"Eu vir aqui pro Rio aos fins de semana, você ir pra São Paulo."
"Pra mim, tudo bem, adoro viajar de avião."
"Malu, o que a gente faz da nossa vida?"

"Como assim?"
"Assim como a gente está vivendo..."
"Não está bom assim?"
"O que você acha?"
"O que VOC acha?"
"Acho que vou me mudar aqui pro Rio."
"Pra quê?"
"Pra viver com você."
"E vai viver do quê?"
"Você não ficou feliz com a minha sugestão?"
"Claro, amor, adorei."
"Você não me ama?"
"Claro que sim."
"Então diz."
"Eu te amo."
"Por quê?"
"Porque você é lindo, divertido, inteligente, gosta de sair, é gostoso, não pega no meu pé..."
"Posso vender meus negócios e montar um aqui no Rio."
"Mas você não conhece ninguém aqui."
"Começo tudo do zero."
"Não. Eu me mudo pra São Paulo."

Começar do zero.

E assim foi. Você já sabe. Meses depois de quase ser atropelado por sua bicicleta, fui atropelado por seis grandes caixas, a mudança de Malu, que chegaram numa sexta-feira ensolarada, pernoitaram confortavelmente acomodadas na sala por três dias e só foram abertas quando ela chegou definitivamente, numa segunda-feira fria e chuvosa, 21 de junho, o primeiro dia do inverno. Sua mudança coube na minha casa. Encaixou.

Até nisso, encaixou. Ou talvez ela tenha calculado os espaços vagos para trazer o necessário. Dobrou o número de discos e livros nas estantes. Dobrou o número de toalhas e roupas de cama. É uma das formas de se começar um casamento. Se é a ideal, quem sabe?

Casei. Fim do galinha. Cansei. Começo de um nó entrelaçado.

Ela foi trabalhar num hotel ali na região da Paulista. Subgerente. Descolada...

Sabe por que me casei? Porque se eu quisesse ir a um cinema, jantar fora, assistir à TV, cozinhar, passear, eu tinha alguns amigos, mas preferia fazer tudo isso com Malu, seria a primeira a quem ligar, sempre. E se alguém me perguntasse, com quem você quer trepar hoje à noite, é só escolher, eu diria: com Malu. E quem você quer ficar namorando no sofá, olhando as paredes e o teto, para quem quer contar a sua vida? Malu. E para quem você pede conselhos? Para Malu. Qual é o sorriso capaz de apagar um eventual mau humor? O de Malu. E quem você adora ver quando acorda? Malu. Com quem você gostaria de ficar dois meses viajando? Com Malu. Com quem você fode sem cansar, sem descansar? Com Malu. E nos braços de quem você dorme com a paz de uma criança? Nos dela. Por isso me casei.

Transformação. Meu telefone entrou em coma. Não era mais um aparelho, mas uma escultura morta. Seu silêncio indicava: outros galinhas trabalham por mim, suas filas andavam. Filas? Minha (nossa) casa tornou-se mais colorida, aconchegante, perfumada. Flores semanalmente trocadas. Um painel com fotos sorridentes dela. Mulheres adoram painéis com fotos. Nelas, ela no campo ou numa praia, de óculos escuros, abraçada a alguns amigos misteriosos. E por mais que você insista, quem são?, sempre escuta a mesma resposta: "Ah, uns amigos...". Vasos com plantas. Uma colcha mais acolchoada e cheirosa. Almofadas coloridas, indianas. Incensos. Uma pequena estátua de Shiva. Mulheres adoram badulaques do Oriente. Toda mulher é budista? Oriente é mais feminino, pensei. Entramos numa nova rotina. Ela gostava de novelas. Cariocas adoram assistir a novelas. Líamos os jornais juntos durante o café da manhã. Gostávamos dos mesmos colunistas; éramos feitos um para o outro. Assistíamos aos telejornais. Nos indignávamos pelas mesmas notícias. Sim, votávamos no mesmo partido. Ouvíamos música juntos. Começamos a explorar outros cantos da casa. Para trepar, ora. Os vizinhos certamente adoraram, porque em muitas vezes nos esquecíamos das janelas ou de apagar as luzes ou não nos esquecíamos, apenas estávamos mais atentos a nossos corpos, coisas de começo. Passei a chegar mais cedo em casa. Neste primeiro ano, ficávamos muito mais em casa do que por aí. Revolução. Parei de fumar. Passei a acordar mais cedo. Passei a cozinhar. Eu fazia a feira e o supermercado, sempre pensando no que ela gostava, numa novidade, numa surpresa. Em muitas noites, ficávamos jogando cartas na cama. E gamão. Quando saíamos, era para irmos a um cinema. Ou a uma livraria. Ou para comprar coisas pra casa. Ou para meter no carro. Porque era começo, e metíamos muito.

Quem me encontrava reclamava, primeiro, que eu andava sumido, segundo, que eu não telefonava, terceiro, que eu não aparecia nas festas. Depois, dizia que eu estava com uma cara boa, saudável, que meu cabelo estava bonito, que aquela camisa (presente de Malu) era linda, que eu estava mais bonito, com a pele boa, e menos triste. Depois, perguntavam: Qual o segredo?

Amar faz tão bem assim?

Eu e a Malu conversávamos muito. E, quando eu achava que já tinha dito tudo, aparecia uma história que ela não conhecia. E, quando eu achava que as histórias já tinham sido contadas, eram recontadas com mais precisão. Bem, eu procurava evitar as histórias picantes, mas ela perguntava, era curiosa, eu acabava contando algumas, filtrando informações. Relatei as maiores maluquices, taras, perversões, foras, aventuras. Omitia sempre os nomes das personagens. Descrevi outros corpos, descrevi muitos peitos, cheiros, muitas bocetas, indicando que a dela, a de Malu, era a mais linda do país. Ela adorava detalhes picantes. Não sentia ciúmes de meu passado. Ao contrário, orgulhava-se dele, gostava de viver com um cara que foi longe.

Está bem, é verdade, não falei um quinto do que realmente aconteceu, um quinto do que aprontei por aí, e minha doença, para ela, foi apenas um resfriado curto, assim narrei. Minha vida não é uma porra de um livro aberto. Não era.

Malu, ao contrário, não falava tudo. Aliás, pensando bem, não falava nada. Era vaga, nem cheguei a conhecer sua casa no Rio, nem sua família, o que acrescentava uma dose de mistério incômoda, contra a qual nunca lutei, sei lá por quê. Talvez eu não quisesse saber. Falei com sua mãe uma vez pelo telefone. Os pais moravam em Brasília. Ficamos de um dia nos encontrar. Este dia nunca apareceu. Nunca fui atrás, nem insisti. Que bom não precisar conhecer os pais da mulher. Ela conheceu minha mãe e dois irmãos. Nunca conheceu meu pai, nem meus outros dois irmãos, os que foram embora do Brasil, terra de poucas oportunidades. Jantamos no aniversário de minha mãe. Apenas uma vez, e num restaurante, território neutro. Só isso. Nossas famílias não faziam parte de nossas vidas.

Malu conheceu meu avô. Fomos visitá-lo algumas vezes, já que ele quase não saía do asilo. Ele gostou dela. Gostou mais do que o previsto. Deu em cima dela do começo ao fim, apesar dos olhos atentos de umas idosas que, presumi, eram suas paqueras. Descarado. Mostrou a capela, o refeitório, apresentou a outros velhinhos safados, levando-a pelo braço, passou a mão em seu rosto, elogiando a sua pele, escorregou a mão em sua barriga, comentando sua magreza, ficou com tesão por ela, que só se divertia. Disse, se meu neto não a quiser mais, me procure, estou sempre aqui. Velho safado.

Malu entrou na minha vida, e eu não sabia quase nada dela. Só aos poucos, o suspense me incomodou. Aos poucos. Quando me casei, aliás, nos casamos, achei um alívio não ter de conhecer todos os seus amigos, ser aprovado por eles, toda sua família, ser simpático com eles, não tive de seduzir seu ciclo, entender seu passado. Foi simples assim, ela entrou na minha vida, e meu compromisso foi apenas com ela. E com aquelas fotos sorridentes.

Malu sumia às vezes, durante umas horas, como se uma nave espacial ficasse incomunicável durante um período, aumentando a pressão dos operadores do voo em Houston. Malu costumava me ligar seguidamente do trabalho. Para falar sobre coisas do dia a dia. Para comentar as notícias. Para me dizer que estava com saudades. Eu nunca tinha convivido com alguém com este costume e me acostumei e passei também a telefonar periodicamente. Eventualmente, ela não me ligava. Era quando soava o alarme. Eu sabia. Ela sumiria naquela tarde, ficaria incomunicável, e eu imaginava que era porque tinha marcado um programa com alguém, tipo um *happy hour*, e preferia não me anunciar antes, mas depois: "Ah, saí com um amigo do trabalho, fomos tomar uma cerveja, você não ficou bravo, ficou?"

Claro que não, eu sempre dizia.

Malu não bebia. Quando anunciava que sairia para tomar umas cervejas, eu sabia, seus acompanhantes bebiam, Sueli era chegada numa cerveja, Malu, no guaraná *light*. Malu era daquelas que gostavam de um *happy hour*. Para papear. E não me incomodava o fato de ela frequentá-los com um ou uns colegas, mas de ela ficar incomunicável horas antes. Por que o silêncio? Tinha receio de ouvir um não, não vá? E, claro, Sueli separada recentemente e em ponto de bala, caindo matando pela cidade, para recuperar a estima, saindo com muitos caras, levando às vezes Malu junto. Odeio melhores amigas. Especialmente as que não vão com a minha cara. Malu e Sueli, juntas, numa mesinha, numa merda de um *happy hour*, e quantos caras ao redor emitindo sinais, enviando torpedos, pagando bebidas, aproximando-se, posso me sentar, como é seu nome, do que vocês gostam, posso pagar uma rodada, vocês fazem o quê, vamos pegar um cineminha? Que merda esta vida! Que merda amar alguém! Diariamente, sei que Malu é desejada, examinada. Alguém está sempre buscando um contato. E a conheço. Ela, putinha, dá trela, é simpática, gosta de conhecer gente nova, conversar. Puta.

*Happy hour...* É típico de quem tem um trabalho maçante ou automático, que precisa depois descarregar. É uma guerra.

Malu fez amigos em São Paulo, no trabalho, no meio, entre hóspedes de passagem. Malu era muito sociável, apesar de, no fundo, um mistério. Ela se interessava muito pelos outros. Mas nunca falava de si. Eu, você percebeu, tenho poucos amigos, ou quase nenhum. Defeito de homem galinha, que não cultiva amizades, mas comidas. Cássio era um amigo. Mas mais sócio do que amigo. Denise era uma amiga. Aliás, minha única. Mas Denise não gostou de Malu. Ela não me confessou. Mas uma vez, bêbada, disse algo como você merecia coisa melhor. Denise me queria solteiro, para eu continuar a ser seu aliado, conviver com suas amigas sapatas, ser uma ameaça para o marido e ser seu travesseiro de todas as horas. Ela não tinha ciúme de Malu. Ciúme é apenas uma fumaça que esconde um monstro maior. Quixote não atacou os moinhos de vento porque delirava. Havia dragões em sua cabeça. Uma frustração por não ser um verdadeiro guerreiro. Ou por não haver sentido na sua guerra. Ou por não haver clareza em campo algum. Não há transparência na vida. Denise não gostou de Malu. Caguei pra Denise.

Numa festa, e era sempre assim em festas, eu e Malu nos afastávamos, eu não gostava de dançar, Malu era animada, eu circulava, Malu logo fazia amigos, fazia amigos muito rápido, não bebia, nem drogas, logo ia pra pista se esbaldar, dançava bem, sensualmente, nunca comigo, dançava provocando seu par e, claro, era cantada, vamos sair daqui, vamos para outro lugar, me beija, e ela falava, calma aí, cara, estou com meu marido. Denise testemunhou essas cenas. Eu não me importava. Denise se incomodava, ela te deixou sozinho? Logo quem, Denise não tinha moral alguma para duvidar da moral de Malu. Mas, numa festa, bêbada, ela disse:
"Você merecia coisa melhor."

Dito isso, Denise levou uma suspensão indireta, acabei me afastando dela, porque eu amava Malu acima de tudo e não admitia alguém não a adorar.

Malu tinha celular. Eu, não. Malu costumava receber muitas ligações. Não atendia todas. Olhava primeiro no visor do celular para checar o número e dizia não sei de quem é, não vou atender, e eu logo imaginava que ela sabia de quem era, e não podia atender na minha frente. Porque era algum filho da puta querendo a minha mulher, querendo um teco. Eu não era o único que sentia tesão por ela. Lógico.

Por que merda me casei?!

Percebe? Só agora contando é que descubro a desconfiança nascida desde o princípio, mas nunca levada em conta. Porque no princípio era a paixão e o amor, e enquanto estes mistérios alfinetavam, eu nem sentia dor, pele dormente, só agora, neste balanço que faço, é que descubro que há muito Malu era um dragão na minha cabeça.

Mudamos de casa um ano depois. Fomos para um apartamento maior em Pinheiros. Apartamento que reformamos juntos, escolhemos os móveis, em que havia um quarto de hóspedes que ficou vazio, e, na nossa cabeça, era um quarto para um possível filho, só que esta palavra nunca foi dita, filho, mas um quarto a mais estava lá, está lá, logo ali, no fundo do corredor, vazio, sempre com a porta fechada, eu e Malu nunca falamos em ter filhos, mas o quarto deles existe. No apartamento, varandas. Malu tomava sol nelas.

Nunca mais voltou ao Rio. Quase nunca viajamos. Malu adorou São Paulo e queria esta cidade até o bagaço. Aos fins de semana, todos os filmes, peças, *shows*, parques, restaurantes e exposições. Malu estava deslumbrada com São Paulo, com a quantidade de coisas, a explosão de etnias, povos, culturas. Rio de Janeiro ficava a cada ano mais distante. Alguns de seus amigos cariocas vinham nos visitar. E ela os levava para conhecer São Paulo como a mais eufórica agente turística da cidade.

Malu era um enigma delicioso. Porque eventualmente ela queria ficar sem sair de casa para curtir cada segundo comigo. Era assim, sociável tanto quanto caseira. Não perdia uma balada forte e considerava um fim de semana com sorvete e vídeo em casa uma forte balada, dizia isso, vamos ficar em casa o dia inteiro, e ficávamos nus, nos pegando o tempo todo, no banho, no café da manhã, lendo o jornal, era uma jornada sexual incessante, eram dois dias em que trepávamos como se há anos não fizéssemos, como dois adolescentes aproveitando o momento raro de estarem a sós. Não trepávamos somente. Trepávamos completamente. Andando, parando, deitando, sentando, cozinhando, uma trepada que durava dois dias, dá pra entender? Não havia o momento de trepar. É que não havia outra coisa além de trepar. Era como se nossos corpos ficassem grudados dois dias. Não sei explicar. Trepávamos até nos olhando. Casar tem disso. Um galinha nunca experimenta uma trepada contínua.

Você merecia coisa melhor. Vira e mexe, eu me lembro desta frase. Merecia? Porra, eu estava amando!

Eu já contei, sexo com Malu sempre foi algo diferente do que eu estava acostumado. Beijar a sua mão, olhar as suas pernas, tocar os seus lábios, dar um beijo de leve, passar a mão, vê-la andar, se vestir, sorrir, vê-la com a boca no meu pau, com a mão nele, com o corpo sobre ele, pegando nele e olhando pra ele me emocionam. Lembra? Ela fazia algo que eu nunca tinha visto. Ela gozava sem eu encostar a mão, e sem ela encostar nela. Ela conseguia gozar apenas me olhando. Olhando o meu pau duro. Sentados, frente a frente, nus, nos olhando, respirando, ela ia se inclinando na cadeira, abrindo as pernas, jogando a cabeça pra trás, sem desgrudar os olhos de mim, sem se tocar, até gozar.

Quase nunca brigávamos. Eu reprimia todos os conflitos. Eu não discutia com ela, não duvidava quando ela dizia vou sair com a Sueli, ela precisa de um *help*. Eu não reclamava dos celulares não atendidos, não reclamava de porra nenhuma. Por quê? Eu vivia esfriando qualquer indício de insegurança. Logo eu, o grande comedor, ela me ama pra caralho, eu sou o máximo, ela está feliz comigo, ela está com o maior amante da cidade, ela comemora todos os dias quando acorda: "Que puta sorte de ter me casado com esse cara!"

É, eu sou legal, gostoso, carinhoso, romântico, maduro, compreensivo, amigo, confiável, fiel, bom de cama, meu pau é enorme, trepo como um selvagem e trepo como um sábio, tantas me querem, mas só sou dela, ela me quer, nem dá para me comparar a esses insistentes banais e tolos *happy hours*. Ela me ama, porra!

Malu, bem, as coisas foram mudando, pouco a pouco começou a reclamar de mim, que eu não dançava, não gostava de sair, ficava às noites trabalhando, não queria viajar com ela, que eu era muito caseiro, só saía para ir ao trabalho, que era quieto demais, que não falava no que pensava. Eu nem me importava. Era o maior comedor da cidade, e isso me bastava.

O tempo passou. A merda do tempo.

No quarto ano, Malu surpreendeu. Foi ao Rio, passar um fim de semana. Nem me ligou de lá. Fui buscá-la no aeroporto. Beijou-me apressada. Como foi, perguntei. Uma delícia... Em seu rosto, uma lâmpada acesa embrulhada. Chegamos em casa. Dormiu cedo. Cansada. Nas noites seguintes, dormiu antes de mim. Me lembrei: há uns dias não trepávamos.

Malu voltou a ir muito ao Rio. Como o Rio é lindo, dizia. Sinto falta da vista, da paisagem, do ar limpo, da praia, de andar na rua, da descontração. Mas eu amo você, completava.

"Cássio, a Malu não me quer mais. Ela está tendo um caso qualquer no Rio de Janeiro. Sei disso, apesar de não ter provas. Atualmente, ela me beija como se beijasse um parente, anda preocupada com a aparência. Nas duas últimas vezes em que trepamos, uma merda, pediu para apagar a luz, e quando uma mulher pede para apagar a luz, todo mundo sabe, é para trepar pensando em outro. Ontem, com a TV ligada, fingi que o que mais me atormentava era decidir o que fazer com meus LPs, e quais deveriam ser transformados em CDs. Era a única forma de me esquecer da cidade, da minha mulher me traindo no Rio. Porra, a mulher que conheci na orla do Leblon, a mulher que agora apaga a luz para trepar, me odeia. Muitas mulheres me detestam. Tentaram me consertar. Já dei prazer a tantas, você sabe. Eu era o maior entendedor, companheiro e parceiro das mulheres da cidade. Mas uma, pelo jeito, decidiu me desprezar. Justamente a única com quem me casei. Talvez eu já tenha feito muita mulher sofrer. E toda a dor que sentiram se junta numa só, contra mim. Não sofro, cara. É muito maior do que isso. Muito pior. Meu mundo desabou. Elas se vingam,

todas. E não tenho certeza de nada. Juro que foi sem querer. Malu tem o seu canto da casa, seus livros, seus papéis, um canto em que eu não me meto, mas um livro meu foi parar lá, e quando fui pegar caiu outro livro, *Madame Bovary*, dá pra acreditar? E, dele, caiu um maldito papel dobrado digitado, um papel sem rasuras, formal como um contrato. Desdobrei e li, imaginando que fosse meu. Era uma carta de amor. De um homem apaixonado. Paixão impossível. Narrando o encontro num quarto e um banho de piscina. Quartos com piscinas existem num só lugar, num motel. Malu esteve num quarto de motel com um homem apaixonado. E eu não a traí. Nunca. Quatro anos, que imensa paixão. Que vivi intensamente, mexeu comigo, balançou estruturas, meus planos traçados, e vivi feliz, amando Malu, não a traí, como fiz com dezenas de outras, fui orgulhosamente resistente e fiel, porque Malu era tudo o que eu queria."
"Não é mais?", Cássio perguntou.
Acendi um cigarro. Depois de anos sem fumar. Traguei consumindo a metade do cigarro. Fiquei tonto.
"O que estava escrito na carta?", perguntou.
"Tento, mas você se afasta, te abraço, você quer, mas depois se afasta, te quero, você quer, mas depois se afasta, e nem o azul-piscina escondia como você é, a coisa mais maravilhosa que já vi, e quanto mais eu tentava, mais você fugia, até..."
"Até? Até o quê?"
"Até, e reticências."
"Que merda."
"Malu, pelo Rio, com esse amante piegas, cedeu, banha-se numa piscina com o corpo de um homem que é só dela. Quem, porra!?"

E tudo se juntou como abutres em torno de uma carcaça. Seus mistérios, seus sumiços, suas mudanças de temperamento.

Afinal de contas, quem era Malu? Não conheci sua família, sua casa no Rio, seu passado, suas investidas pela cidade. O que Malu queria comigo? Eu era um jovem rico, e até então não pensei que, talvez, ela estivesse comigo pelo dinheiro. Isso acontece. Aconteceu com o senhor Bovary. Eu não contrataria um detetive, isso, ponto e parágrafo, mas conversei com Mari, minha advogada, mulher de Cássio. Ele sugeriu. Expus minhas dúvidas num jantar em que fui sozinho. Ela ficou chocada. Gostava de Malu. Achava que eu tinha algum problema, que era paranoia pura. Mas e a carta? Pode ser de um fã qualquer, podem ser metáforas, pode ser para outra pessoa, pode ser dela mesma, pode ser um poema, podem ser mil coisas. Ficamos sem ação.
Concordamos em uma coisa, e só uma advogada poderia propor: Mari investigaria ninguém mais ninguém menos do que a minha mulher.
Ela o fez na mesma semana. Consultou *sites* da Justiça e da Receita. Malu nunca fora processada, não tinha pendências, dívidas, nem devia impostos nem nada.
"Então, está mais calmo agora?", Mari perguntou.
"E a carta?"
"Esquece ela", Cássio sugeriu.

Esquecer, esquecer, esquecer. Só assim um amor sobrevive. Amar, amar, amar. Que merda. Melhor esquecer tudo isso. E daí? Ela me traiu. E daí? Escapou. Qual o problema? É a mulher da minha vida. Alguém a teve por momentos. Eu a tenho pra sempre.

Não. Fiz o impensável. Enquanto Malu passava mais um fim de semana no Rio, revirei suas coisas, todas suas coisas, como um rato passeando pela casa, fuçando, enervado, caótico, num vaivém desorganizado, abri todos os livros em busca de mais cartas escondidas sem encontrá-las, li as dedicatórias dos livros em busca de fãs escondidos, abri suas gavetas, examinei papel por papel, bilhetes, cartões de visita, extratos bancários, seus documentos íntimos, procurei nos bolsos de suas roupas algum bilhete, abri o seu computador, examinei todas as pastas e arquivos, xeretei os seus *e-mails*, já que a senha estava salva, um por um, linha por linha. Num *e-mail*, enviado há uma semana para a mãe, estava escrito:

"Nunca estive tão feliz, Luiz é um cara sensacional, estamos sempre namorando, felizes, ele é romântico, confio nele totalmente, foi a melhor coisa que me aconteceu na vida, você vai gostar dele, é divertido, lindo, nunca imaginei que viveria assim feliz com um homem, tomara que seja pra sempre..."

Pra sempre? Nada é pra sempre.

Algo me intrigou. Não encontrei as faturas de seu celular. Ela as jogava fora? Claro. Vou ao hotel em que ela trabalha, entrar na sua sala, a da gerência, vai ter alguém lá de plantão, direi Malu está no Rio, pediu para eu pagar a conta do seu celular, deve estar na sua mesa, com licença... Ela seria informada pelos colegas da minha súbita aparição. Como eu justificaria tamanha desconfiança?

"Malu, por que você tem ido tanto ao Rio?", perguntei como se perguntasse o preço do pão francês.
"Por quê?"
Malu era assim. Respondia uma pergunta perguntando o porquê da pergunta. Muitos casais são assim. Buscam-se as intenções das perguntas. Minha resposta não queria dizer nada

ou indicava que não havia nada por trás das palavras:
"É que fiquei curioso, só isso."
"Posso ser franca?"
"Deve."
"É uma tolice."
"Fala."
"Você precisa antes dizer que me perdoa."
"Antes da resposta?"
"Diz que me perdoa."
"Malu, o que está acontecendo?"
"Calma."
"Fala, você me deixa ansioso."
"Você não disse. Me perdoa?"
"Tá, te perdoo."
"Eu sinto falta do Rio."
"Do quê?"
"Não fica bravo comigo. Eu amo você, amo a nossa casinha, adoro viver aqui, mas sinto falta do Rio e não sei o que faço."
"Você quer que a gente se mude pra lá?"
"Não, você tem os seus negócios, eu tenho o meu emprego, aqui é a nossa cidade, temos nossos amigos. Você tem razão. Vou deixar de ir ao Rio, ficar mais com você. Não vou te deixar mais sozinho."
"Por mim, tudo bem, pode ir pra lá eventualmente."
"Por quê? Você quer ficar sozinho em São Paulo? O que foi, você está me traindo?"

Numa discussão, vence o que subverte e inverte os papéis. Não é mágica fazer do acusador um réu. É arte. Malu era uma artista. Sabia discutir. Claro que eu não a traía. Claro que ela tinha ciência disso. Foi para fugir de um embaraço que ela me provocou? Mais uma pincelada para formar toda a paisagem.

Ela é culpada. Ela me trai. Isso dói. E enquanto discutimos se eu estava ou não a traindo, me perguntei: Por que não?

Um urso sai da hibernação. Acorda. Olha ao redor, vê-se no escuro, numa toca úmida. Pinga. A neve derrete. Riscos de sol entre as frestas. Sim, acabou o inverno. Acorda e se dá conta: Tenho fome.

Foi a primeira vez que Malu duvidou de minha fidelidade. A primeira vez em que tocou no assunto. Ela conhecia o meu passado e sabia que eu era outro devido a ela. Nossa batalha estava apenas começando. Tive uma ideia de estremecer. Ideia de como me vingar. Irei traí-la, lógico, por que não, por que não pensei nisso antes, tão simples, tão óbvio, tão claro, tão bonito. Tenho fome.

Com essa ideia fixa, os planos foram traçados, a estratégia, definida, meus dias ficaram leves. Com quem? Não, eu não iria jamais procurar uma das antigas, das costumeiras, amigas, eu precisava de uma novidade, tirar o mofo e poeira das engrenagens, lubrificar o motor, dar a partida e seguir por uma estrada inédita. Seria uma puta covardia sugerir às antigas. Denise? Covardia maior. Sair com uma puta? Era o que a maior parte dos conhecidos fazia. Especialmente os casados. Que covardia... Eu teria um caso, isso mesmo, um novo e glorificante caso, para comemorar o fim de uma era glacial. Com uma mulher que se apaixonasse por mim. Eu teria duas mulheres, claro, viver uma dúvida constante, continuar ou não casado, isso, eu não iria ter apenas um caso, foder com outra, trair, eu iria me apaixonar por outra.

Tenho fome. Quem?

Renata. Uma estudante de relações públicas da USP, que sempre eu encontrava na feira, já tínhamos papeado algumas vezes, já comemos pastéis juntos, brindando com copos plásticos de caldo de cana. Era uma tesudinha, devia ter uns vinte e poucos aninhos, do interior, que morava num prédio perto, num quarto e sala, prédio em que moravam muitos estudantes, ela morava sozinha, eu conhecia o tipo, menina do interior morando sozinha, dinamite, eu sabia que com os laços cortados uma garota se sente superior, dona do próprio nariz, e se enjoa rápido de menininhos da mesma idade, eu tinha uma puta chance com Renata, ela me jogava muito charme, sempre, gostava dos meus três cabelos brancos precoces, achava chique o prédio em que eu morava e já tinha sido convidada para ir ao Espaço, mas dizia que não tinha grana, eu oferecia convites, e ela dizia que só iria se pudesse pagar, uma menina correta, pensei se sua simpatia era charme ou um treinamento de relações públicas, desenvolvia comigo sua carreira?

Claro, a dúvida, ração de um galinha: ela me quer ou é o seu jeito de ser que parece me querer? Meu combustível era a curiosidade. Um galinha é assim, quer saber como são os peitos, a bunda, o orgasmo, o sorriso, o pós-orgasmo, a trepada de sua aliada, e, principalmente, quer saber como é o depois. Antes, quer seduzir, saber se tantos sorrisos são pedidos de carinho, clamor, clemência ou inocência.

Apaixonar-me por Renata seria perfeito, uma menina na idade das experiências diferentes. Depois de conviver com a selvageria da cidade grande, ela urgia proteção. E, detalhe, ela não sabia que eu era casado. Bem, eu não sabia se ser casado afastava ou aproximava mulheres. Porque eu andava fiel, de olhos fechados e sentidos de um galinha hibernando, não sentia os efeitos de estar casado sobre o poleiro. Que merda. Falei poleiro? Evitei todo esse tempo...

Na outra sexta, dia da feira, passei horas enrolando entre bancas de legumes esperando-a, e ela apareceu. Ela não me viu. Fui até ela com determinação, como se eu oferecesse a bandeja de papaias mais saborosos e baratos. Oi, vizinho, ela disse. Como sempre, me sorriu amigavelmente, talvez eu fosse seu único amigo da cidade, quer dizer, conhecido. Que bonitinha que ela era, caipirinha buscando ecos da civilização, com um *piercing* brilhante no nariz, mínimo, para não chamar a atenção, mas presente, para indicar a sua contemporaneidade. Tão novinha, sozinha, fazendo feira, entre feirantes selvagens, mundo inóspito de gritos como: "Minha cenoura é dura, comprida e nova, cliente...".
Caminhamos juntos pela feira, e fui me exibindo, indicando as frutas a serem compradas, este abacate?, não, preste atenção, é só ouvir o balanço do caroço, este mamão?, não, sente como a sua pele não está uniforme, frutas misteriosas, escondidas em cascas, que só se descobre seu real sabor depois de abri-las, como você, gatinha nova, inexperiente, assustada, com tanta libido mal-aproveitada... Bem, guardei tal metáfora infame. Esta menina coisinha bonitinha estava me dando um puta tesão, com sua calça abaixo da cintura, sua barriguinha aparecendo, sua camiseta sem sutiã, cobrindo dois pêssegos firmes, recém-colhidos, gostosa... Pêssegos? Eu disse pêssegos? Que merda...

Insisti sutilmente para tomarmos algo. Fomos a um café ali perto com nossas sacolas, eu estava a mil, simpático, gentil, engraçado, me mostrando interessado por sua vida, fazendo perguntas, garotas dessa idade adoram perguntas, quase não têm oportunidade de expor suas dúvidas existenciais, e garotas dessa idade têm muitas dúvidas existenciais, e só mesmo um galinha puro-sangue tem paciência pra escutar dúvidas tão

puras. Sim, mercado de trabalho. Garotinhas assim adoram perguntar sobre o mercado de trabalho. Brinquei: "Eu emprego muitas RPs". Eu disse "RP". Foi lindo. Voltei. Quem aprende uma vez...
Fui com ela até o seu apartamento carregando nossas sacolas, quer dizer, ela foi seguindo o seu caminho, e eu, junto, ela entrou no seu prédio, e eu, junto, ela subiu pela escada, e eu, junto, ela parou diante da porta, e eu, parado, ela a abriu, e eu esperei, ela entrou, e eu a segui e fui depositando as sacolas na pia de sua cozinha, separando o que era meu e dela, enquanto ela correu pelo apê, claro, visita surpresa, precisava dar um tapa superficial na bagunça. Mulheres... Por conta própria, guardei suas verduras na geladeira e organizei suas frutas num prato. Que bonitinho, apartamento de estudante jovem, solitária, só dois pratinhos, poucos copos, um fogão pequeno, bolachas de água e sal, requeijão, danoninho, leite desnatado, arroz integral, um copo com uma batata germinando e, porra, retratos na geladeira, dela com amiguinhos, de óculos escuros, praia e montanha. Na sala, livros, um aquário com um peixinho, um som desses portáteis, poucos discos, quase nenhum móvel, tudo apertadinho, fresco, novo, então, ela reapareceu na sala, e perguntei se estava tudo bem, se ela precisava de alguma ajuda, ela disse que não, mas, depois, disse que seu chuveiro elétrico dava choque, tinha acabado de comprar, instalou sozinha, me deu pena, uma menina daquele tamanho levando choques de 220 volts, perguntei, quer que eu dê uma olhada?
Entramos juntos no seu banheiro, ela logo foi falando, não liga pra bagunça, eu ri, entrei no boxe, olhei a instalação do chuveiro, claro, eu não entendia porra nenhuma de instalação de chuveiro, mas olhei como um cirurgião examina uma incisão, mas olhei mesmo para um porta-xampus, que bonitinho, uma lâmina de depilação, seus creminhos, seu

xampu, seu sabonetinho de glicerina, alguns pentelhinhos nele, se eu fosse um cientista maluco, roubava um para conhecer seu DNA e cloná-la. Pedi para ela desligar a chave geral do apê. Ela foi, e, num impulso, enfiei seu sabonetinho no bolso. Mexi na fiação, sem saber por onde começar. Fiz cara de homem. Pose de homem. Me exibindo. Você precisa de um homem maduro e experiente, indicavam meus gestos. Você não pode viver nesta selva sem proteção. Mas nada de fazer aquele chuveiro não dar choques. Por fim, eu disse, tenho um funcionário de manutenção que é uma espécie de faz-tudo, eletricista, encanador, me dá o seu telefone, eu peço pra ele vir aqui.
Pronto, estava construída a ponte, teria o seu telefone, teria por que ligar, teria uma conexão, ela disse educadamente não precisa, eu insisti, ela acabou cedendo. Pênalti. Fez charme, mas queria a ponte construída. Anotou seu telefone com uma letrinha redonda, caneta de tinta rosa, colocou Rê, só "Rê", a intimidade estava aflorada. Ela ainda me explicou como cuidar do aquário, me contou que conversava com seu peixinho, jurou que ele ficava feliz quando ela chegava, perguntei como sabia se era ele ou ela, ela não sabia, mas era ele, para ela, e perguntei se tinha um nome:
"Luiz", ela disse. "Adoro dar nome de gente a bichos", e sorriu envergonhada.

A despedida é o sinal mais claro do que vem pela frente. Sempre é. Nela, as intenções são divulgadas. Eu quero algo, você também? Na porta de seu quarto e sala, bem, então a gente se vê, passei a mão em sua cintura, tentei um beijo em sua boca, mas ela virou radicalmente o rosto, cedendo sua bochecha, tentei de novo, dois beijos, segurando um pouco seu rosto, mas ela o virou mais ainda, oferecendo a outra bochecha. Tímida?

Pode ser... Não quer? Não, não pode ser. A aterrissagem, o voo, o pouso, o tempo, o vento, foi tudo tão perfeito, ela não podia resistir, era minha, era questão de tempo, vai ver, com ela é assim, questão de tempo, tem muitas que são assim, gostam da insistência, da certeza, da dedicação, não querem perder tempo com aventureiros, querem saber se é só de passagem ou se eles vão explorar com carinho o território.

Em casa, depois de guardar as compras, deixei na minha mesa o papel dobrado com o seu nome, e o telefone displicentemente jogado, e fui tomar um banho, claro, com seu sabonetinho de glicerina, esfregando-o no meu pau, misturando seus poucos pentelhos nos meus, o que me deu uma ereção gigantesca, só consumida depois de uma monumental punheta. Malu. Foda-se Malu. Filha da puta, me traindo. Pau no seu cu. Estou apaixonado agora, Malu. Pela pequena Rê. Olha lá, em cima da minha mesa, o seu telefone, olha que letrinha delicadinha, que bonitinho... Você nem imagina, Malu, como ela é bonitinha e me quer.

Saí antes de Malu chegar. Nem deixei bilhete, uma prática solidificada entre nós, informando-a da minha agenda. Fui pra rua, sem ter nada o que fazer, quer dizer, fui a uma livraria, comprei uns discos, umas roupas, jantei sozinho e fui pro Espaço. Convoquei o meu superpau pra toda obra, informando-o de que ele faria um trabalhinho extra na casa de uma amiguinha que levava 220 volts na veia toda vez em que tomava banho com sabonetinhos de glicerina. Depois, passei no Nero, tomei um porre com a minha amiga Denise. Cheguei em casa no amanhecer. Reparei que o papel com o telefone de Rê se encontrava na mesma posição. Ainda dobrado. Se foi lido, foi devolvido ao mesmo estado de antes. Banho, pijama e cama. Malu dormia. Em duas horas, acordaria. Mal nos vimos naquele dia. E mal nos veríamos no próximo. Porque eu não queria. Não queria ser interrogado, examinado, sondado, nada, eu queria sumir, ou melhor, queria que ela sumisse.

Acordei eufórico, já passava do meio-dia, minha pequena voltara da faculdade, conversava com seu peixinho Luiz, e eu conhecia de cor a regra da quarentena, nunca ligar no dia seguinte, mas 48 horas depois, nunca demonstrar ansiedade, não assustar, fingir não dar tanta importância, mas acordei impaciente, liguei aflito, antes de tomar um café, ela atendeu, atendeu com um terrível:
"Quem é?"
Como quem é, são tantos assim, o tempo todo? Claro, uma garota como aquela, convivendo num *campus* em que estudam dezenas de milhares de garotos tramando, numa cidade de milhões de caçadores e muita testosterona, tudo bem, quem era?
"Oi, Rê, sou eu, seu vizinho, Luiz."
"Ah, oi, vizinho. Que surpresa..."
Como que surpresa? Ela me anotou ontem o número de seu telefone, não esperava a minha ligação, não contava com isso? Caralho, eu tinha de ter esperado 48 horas, ou será que ela é do tipo charme a toda hora?
"E o seu chuveiro?"
"Meu chuveiro? Ah, sim, continua com o problema."
"Vou pedir para o meu funcionário ir aí arrumar."
"Não precisa."
"Não custa nada."
"Coitado, vir até aqui..."
"Ele está sem fazer nada. E adora andar pela cidade."
"Que legal. Que bom. Você é legal."
"Quer que eu mande agora à tarde?"

"Tudo bem, já que você oferece."
"Você vai estar aí?"
"Vou. Vem um amigo aqui, a gente precisa preparar um seminário."
"Ah..."
"Este é o seu telefone?"
"Qual?"
"É que eu tenho bina."
"Bina?"
"É. Seu número está aparecendo aqui. Vou anotá-lo, caso..."
"Claro, pode anotar. Bem, a gente se fala."
"E o cara?"
"Claro, vou mandar ele aí."
"Obrigada. Um abraço..."

Um abraço? Que merda. Um amigo? Sei... Bina? Isso não é bom. Nada bom.

Malu me ligou em seguida. Sugeriu almoçarmos juntos na Paulista. Era como uma estranha me ligando para algo estranho num lugar esquisito. Eu disse que tinha dentista. Você está estranho, ela disse, aconteceu alguma coisa? Acordei com dor de dente. Que merda, dor de dente é péssimo. Pois é. Nos vemos à noite? Claro. Beijos... Eu estava ocupadíssimo. Tinha de ligar para o meu pau pra toda obra, mandar ele ir à casa de Rê e, depois, ligar de volta, saber como foi e ligar para Rê, saber como foi. Que estresse.

Pensei em ir com meu funcionário. Porra, eu fabricava sem controle de qualidade, tudo errado, andava enferrujado? Calma, cara! Andei de um lado para o outro, respirei fundo, voltei a selecionar LPs a serem transformados em CDs. Olhei o relógio a cada 15 minutos. Imaginei: deve estar chegando no seu apê, deve estar entrando nele, deve estar com o chuveiro desmontado na mão, será que acabou, já posso ligar?

O telefone tocou. Era ela agradecendo, pensei. Não tenho bina. Ia atender no primeiro toque, mas fiz um charminho, deixei tocar, até atender no quinto. Foi o alô mais caprichado que dei na vida.
"Alô?"
"Luiz? É você?"
"Oi, Malu."
"Você não foi ao dentista?"
"Não, ele cancelou."
"Mas não está doendo?"
"Está. Ele mandou eu tomar um anti-inflamatório antes."
"Qual?"
"Qualquer um."
"Tem um na minha gaveta. Deve estar no prazo de validade, tomei há pouco tempo, lembra quando me deu aquele torcicolo?"
"Lembro."
"Você checou se está com febre?"
"Não."
"Você está com moleza no corpo, sente a cabeça pesada?"
"Não. Só o dente dói."
"Tadinho. Quer que eu vá praí?"
"Não precisa."
"Eu vou, posso sair daqui e fico com você a tarde toda."
"Não precisa."
"Deixa eu cuidar de você."
"Não esquenta. Eu vou ficar bem."
"Você quem sabe."

"Você precisa de alguma coisa?"
"Eu?"
"Você ligou."
"Ah, liguei de bobeira. Sei lá, estava com saudades e liguei."

Estava com culpa e liguei. Estou preocupada com sua frieza e liguei. Estou comendo um cara no Rio e liguei para o meu marido corno, para ouvir a sua voz infeliz.

Aquela tarde parecia a pior da minha vida. E o relógio parecia um bêbado. Parecia a mais longa tarde de todas. Não sei como fiz para vivê-la. Mas consegui. O sol foi se indo. E nada de Rê me ligar. Liguei para meu funcionário. Ele não havia chegado. Contei até três e liguei para Rê. Ela não atendeu. Deu 15 minutos, e liguei de novo. Ela não atendeu. Putinha, está fodendo com o amiguinho filho da puta, seminário sobre fodas vespertinas, meu funcionário está atrapalhado com a fiação, e ninguém atende a bosta do telefone. O sol já era. Malu chegaria pontualmente em meia hora. Liguei de novo. Não atendeu. Achei o veado do meu funcionário. Ah, doutor, deu tudo certo, era um problema de fio terra, ela pediu também para instalar uns soquetes, ver se vazava gás do fogão e parafusar uns quadros, ela estava com um amigo, estavam estudando um livro, o telefone?, não me lembro de ter tocado, ela ficou lá com o amigo, estavam na sala, não, não estavam pelados... Liguei de novo para Rê. Ela não atendeu. Filha da puta. Ela estava lá com o amigo, o telefone tocou, ela olhou no maldito bina, viu que era eu e não atendeu. Filha de uma puta!

Malu chegou. Preocupada. Fiz aquela cara de dor-de-dente--sob-controle. Ela preparou uma sopa. Me fez carinhos. O telefone tocou, caralho, sugeri, deixe tocar, Malu não entendeu,

por que deixar tocar? Não estou a fim de falar. Mas pode ser importante. Pensei, a pequena estudante repara que liguei três vezes, liga de volta para agradecer, quem atende, eu ou Malu? Se eu, como atender? Oi, estou meio ocupado agora, posso te ligar depois? Meu coração disparou. Que impasse... Sim. Atendi, antes de Malu:
"Oi, Sueli. Quer falar com a Malu? Ela acabou de chegar, vou passar pra ela..."

Como faço para instalar um bina?

Assim que desligou, sugeri, vamos jantar fora.
"Mas acabei de fazer uma sopa."
"Sei lá, vamos sair, estou a fim de beber hoje."
"Você não pode beber, e o anti-inflamatório?"
"Vamos a um cinema. Faz tempo que não vamos a um."

Há tempos não saíamos. No carro, enquanto ela guiava, eu me perguntava aonde vamos parar, o que fazer com nossas vidas, quem é esta mulher dirigindo, não é a mesma por quem me apaixonei, por que ela me trai, com quem, por que não esquecer tudo, por que não seduzi-la de volta, é ela, Malu, a mulher da minha vida, quem me fez ser outro, quem me emocionava com um simples olhar, quem continua arrasadoramente linda, que me ama, apesar de me trair, talvez me traia porque me ama, para confirmar o quanto é soldada a nossa viga, sei lá, e se eu abrir o jogo, e se ela não estiver me traindo? Mas e a carta? A carta?
"Tento, mas você se afasta, te abraço, você quer, mas depois se afasta, te quero, você quer, mas depois se afasta, e nem o azul-piscina escondia como você é, a coisa mais maravilhosa que já vi, e quanto mais eu tentava, mais você fugia, até..."

E o *e-mail* para a mãe?

"Nunca estive tão feliz, Luiz é um cara sensacional, estamos sempre namorando, felizes, ele é romântico, confio nele totalmente, foi a melhor coisa que me aconteceu na vida, você vai gostar dele, é divertido, lindo, nunca imaginei que viveria assim feliz com um homem, tomara que seja para sempre..."

Assistimos ao filme *Infiel*, aquele dirigido por Liv Ullmann, sabe qual é? Bom. Triste. Forte. Eu o escolhi propositalmente. Fomos depois tomar um sorvete. Mas quase não dirigimos a palavra. Ela apenas perguntou: "E seu dente?".

Rê não me ligou. Nem depois. Que péssima relações-públicas. Nem para agradecer. Vou denunciá-la no conselho das RPs. Tem um? Deu três dias. Tomei a iniciativa. Liguei. Tocou uma, duas, três. Na sétima, ela atendeu. Estava olhando meu número brilhar em seu bina, perguntando o porquê da insistência daquele velho aflito. Atendeu com o insuportável:
"Quem é?"
Pausa. Putinha. São tantos, né?
"Oi, sou eu, seu vizinho."
"Ah, oi... Meu bina deu pau."
"E aí, deu certo o conserto?"
"Claro. Superobrigada. Eu devia ter ligado antes, mas o seminário..."
"Foi bem no seminário?"
Que pergunta estúpida.
"É amanhã."
"Ah, eu ia te chamar para um café."
"Não vou poder. Ainda faltam uns detalhes."
"E amanhã?"

"Amanhã tenho o seminário."
"E depois?"
"Depois? Ah... Vou visitar meus pais em São José do Rio Preto. É aniversário da minha mãe."
"Que pena. Quer dizer... Eu queria te encontrar."
"É?"
"Pois é."
"Eu te ligo quando voltar."
"Me liga?"
"Ligo."
"Promete?"
"Se eu disse que eu ligo, é porque ligo."
"Vou esperar."
"Olha, obrigada pelo conserto. Parei de tomar choque."
"Você merece."
"Obrigada. Depois a gente se fala. Um abraço."

Um abraço? Achei que já merecia um beijo, um beijinho, beijos, beijão.

Esta caipirinha de merda não queria nada comigo. Não me ligou. Não a vi na feira. Sumiu. Porra, onde eu errei? Em todos os detalhes, a insistência, a ansiedade transparente, a escolha, menina nova demais, temerosa, mas não podia ficar assim, meus planos, eu não conseguia encarar Malu, nosso fim de semana foi o pior momento da minha vida, viver com alguém que se odeia, de quem não quer sentir o cheiro, aquela sua bunda caída, aquelas perebas na sua perna, aquele sorriso detestável, eu desejava sumir, por sorte, uma dor de dente inexistente justificou meu ar distante, a falta de carinho, dormir sem trepar, por que ela não vai passar o fim de semana no Rio, vai abandonar o seu amante?

Mesmo assim, deixei o papel dobrado com o telefone anotado numa letrinha redonda de uma Rê em minha mesa. Não sei se foi contemplado. Se foi, não foi comentado. Por quê? Talvez Malu se culpasse. Tal papel era um aviso. O remendo de meu ciúme. Ou... ou...

Dado o aviso, caí matando. No Espaço, dei em cima de uma dançarina do ventre. Mas ela não quis nada comigo. Estava rebolando seus quadris privadamente para o baterista de uma das bandas. Até me deu atenção, mais interessada em eu abrir mais noites para seu queridinho tocar, vaca, vendendo o seu homem para o homem que quer comê-la.

Na mesma semana, dei em cima de duas garotas minhas freguesas. Uma sabia que eu era casado. Disse assim, quando pedi o seu telefone:
"Mas você não é casado?"
A outra me deu o telefone. Estava errado. Atendeu um escritório de contabilidade.

Apelei de vez. Minha amiga Denise. Agarrei-a no teatro. Não, Luiz, para, você sabe que não gosto disso. Mas já trepamos. Sim, foi uma bobagem, já passou. Você não gostou? Gostei, mas não, somos amigos, depois, a Malu... Você odeia a Malu. Não odeio a sua mulher, só não tenho afinidades. Denise, dá pra mim, preciso tanto... Luiz, se precisa tanto, chame uma puta.

O papel com o telefone de Rê continuava na minha mesa, sem efeito, amarelando. Nem um vento o mudava de posição. Malu não mexia nas minhas coisas. Se mexia, fazia-o como um especialista em desarmar bombas. A tal dor de dente era séria, eu fazia um tratamento, nem podia beijar, bactérias. Eu continuava atormentado, pensando numa coisa só, acordando e pensando, às tardes pensando, e, claro, quem pensa muito não chega a lugar algum. Peguei o livro *Madame Bovary* de sua estante e levei-o para a minha mesa. Nem cheguei se a carta demoníaca que mudou a minha vida estava dentro dele ainda. E, claro, li o primeiro parágrafo do livro:

"Estávamos na sala de estudo, quando o diretor entrou, seguido de um calouro sem uniforme e de um bedel carregando uma grande carteira. Os que dormiam acordaram, e todos nos levantamos, como se tivéssemos sido surpreendidos no meio de um trabalho..."

Um novato aos leões.

Às tardes, antes de Malu chegar, eu ia pra rua. Sentava-me em cafés, trocando olhares com todas as mulheres que apareciam. Minha ansiedade as afastava. Eu jantava sozinho. À noite, no Espaço, paquerava todas as garotas que apareciam. Em vão. Eu não sabia mais como fazer. Eu engasgava ao pedir o telefone, eu trocava o final das piadas, não falava coisa com coisa, cheguei a cantar uma menina que esperava o namorado sair do banheiro, e, quando ele saiu, tive de me desculpar. Até a *hostess*, a minha intocável *hostess*, levou uma cantada-surpresa. Convidei-a para jantar depois do expediente. Ela foi gentil, me avisou que estava muito cansada e estudando de manhã, que costumava acordar muito cedo, por isso não emendava. Sorri como um filho sorri para a mãe escondendo a bagunça atrás de si.

Eu e Malu. Mal nos falávamos. Declarei guerra. Ela não reagiu. Não comentou meu comportamento distante, o que aumentava a minha certeza: ela está noutra há muito. Na manhã de sábado, depois de uma semana em que quase não nos vimos, acordei, e havia um bilhete sobre a minha mesa entre o exemplar envelhecido de *Madame Bovary* e o papel amarelando de Rê:

*"Luiz, querido, aconteceu um imprevisto, e tive de viajar. Mal nos falamos esta semana. Reparei que você estava atolado de trabalho. E com o problema no dente. Não quero te incomodar. Quando você tiver um tempinho, ou se sentindo melhor, me liga. Meu celular vai estar ligado. Volto logo. Vou morrer de saudades. Tomara que seu dente fique bom. Te adoro. Malu."*

Imprevisto? Sim, seu amante estava com o pau duro há dias esperando. Duro de doer, na piscina aquecida. Ela não poderia deixá-lo na mão. Tinha de se entregar, despir-se para ele, exibir cada parte de seu corpo, ser lambida e tocada, trocar e lamber, ter aquele pau duro e carente em sua boca, babar nele, gemer como uma virgem exultante, emocionar-se, abrir as suas pernas e deixá-lo entrar, ter a sua boceta lubrificada, grudar as pernas nas costas do intruso, beijá-lo alimentando-se com sua saliva, diversas vezes, porque fazia tempo que ela não tinha alguém especial, que a tratava com carinho, que a escutava, especialmente alguém como ele, metendo nela, vibrando com ela um gozo insuperável.

Li aquele bilhete e pensei: mais uma merda de dia a ser vivido. Pensei: é cedo, ainda virão o meio-dia, a tarde e a noite. E terei de dormir, ou ao menos tentar, e virá um domingo estúpido a ser preenchido. O que fazer? Ler o jornal, um livro, ligar a TV, ouvir música, sair correndo pela cidade, ir a um cinema, compras, fazer o quê, porra, ligar para alguém?

Tocou o telefone. Malu, claro. Não. Ainda não. Ela não ligaria tão cedo. Não atendi. Atendeu a secretária:

"Luiz, você está aí? Oi? Amor, atende... Sou eu. Já estou morrendo de saudades. Te amo, te amo, te amo, viu? Gostoso... Olha, deixei um presentinho pra você na geladeira. Aquele sorvete de macadâmia que você adora. É pra você comer ele todo. Ah, e tem outra surpresinha. Eu ia te dar depois, quando eu voltar. Mas não aguento. Sei que você é curioso. Está na sua gaveta, embrulhado. Me liga no meu celular. Me liga logo. Beijinho, beijinhos, mil beijinhos. Te adoro."

Abri a gaveta. Um embrulho. Nele, uma caixa cinza. A caixa com os CDs remasterizados do Led Zeppelin. Todos. Dez discos. Do primeiro ao *Coda*. O melhor presente que ganhei na vida.

O que a culpa não faz?

Eu, e a geladeira aberta. Não procurei o sorvete, procurando entender o que meu corpo cobiçava, uma merda de uma salada, uma merda de uma comida requentada, um simples copo de água, uma cerveja, leite, iogurte, queijo, que bosta, quando o telefone tocou. Malu, claro. Está bem, vou escutá-la, escutar sua voz trêmula, mentindo. Fui atender.
"Luiz?"
"Sim."
"Oi. É a Sueli, tudo bem?"
"Tudo."
"A Malu está aí?"
"Não."
"Onde ela está?"

"Viajou."
"Pra onde?"
"Pro Rio."
"Pro Rio?"
"É. Acho que ela foi pro Rio."
"Quando?"
"Hoje de manhã."
"Mas ela não me disse nada."
"Não?"
"Não. Falei com ela ontem. Aconteceu alguma coisa?"
"Um imprevisto."
"Que imprevisto?"
"Não sei. Acordei, e tinha um bilhete."
"Que estranho..."
"Também achei."
"Quando ela volta?"
"Normalmente, aos domingos à noite."
"Luiz."
"Hã?"
"Sei que não tenho intimidade com você."
"Imagine..."
"Posso falar?"
"Claro."
"Você não está ocupado?"
"Não. Fala."
"Sei que você não gosta de mim."
"De onde você tirou isso?"
"Intuição."
"Gosto, claro que gosto."
"Ando preocupada com a Malu."
"Por quê?"

"Não vai falar que te falei."
"Claro que não."
"Ela anda triste, diferente, ela não fala muito."
"É, ela não fala muito. É fechada."
"Aconteceu alguma coisa?"
"Não sei. Também me faço a mesma pergunta."
"Vocês brigaram?"
"Não, a gente nunca briga."
"Nunca?"
"Estranho, né?"
"Tem casal que é assim."
"Tem gente que fala que casamento só dura com brigas."
"Essas coisas não têm regras."
"É, eu sei."
"No meu casamento, vivíamos brigando, e acabou mesmo assim."
"Que pena. Eu e a Malu temos umas discussões bestas, mas, brigar..."
"Vocês estão bem?"
"Não sei. Por quê? Ela te disse algo?"
"Não. Ao contrário. Ela só te elogia. Diz que está sempre apaixonada, que vocês se dão superbem. Ela te ama muito, viu?"
"É?"
"Você tem dúvidas?"
"Às vezes..."
"Quer conversar sobre isso?"
"Pode ser."
"O que você está fazendo?"
"Agora? Eu ia preparar um almoço."
"Vamos almoçar juntos. Estou com tempo."

Em uma hora, ela apareceu. Eu continuava como tinha saído

da cama, uma camiseta, uma bermuda, uma cara amassada. A casa, desarrumada, o jornal, intacto, a geladeira, ainda intocada. Ela trouxe duas flores bonitas e uma torta de sobremesa, veio de vestido, banho tomado, queria me agradar, agradar o marido da melhor amiga, aquele que nunca fez questão de conviver com ela, com quem nunca conversou a sós e nunca desenvolveu uma intimidade, com quem quase não saía, quase desconhecido de quem devia ouvir falar muito, que nunca a convidou para fazer parte de seu mundo. Abracei como se fosse uma grande amiga que há tempos não via, com quem eu tinha uma grande intimidade, com quem convivia muito, que fazia parte de meu mundo, uma engrenagem essencial. Abracei de verdade, de coração aberto e partido, me segurando para não chorar no seu ombro, como se ela fosse a morfina para uma dor que já passeava à vontade. Depois, segurei o seu rosto com as duas mãos e beijei a sua testa carinhosamente, agradecido pela visita. Ela sorriu sem jeito, o que era aquilo, por que de repente assim? Perguntou, para se livrar do embaraço:
"Está com fome?"
"Não sei..."
Fomos à cozinha, quer dizer, ela foi, eu a segui, ela conhecia a minha casa de cor, quantas vezes não passou noites com Malu na cozinha, enquanto eu, escondido pela casa ou fora dela. Abriu a gaveta, pegou uma faca com serra, cortou os talos das flores, encheu com água um vaso, um arranjo, e o colocou na mesa. Depois, abriu a geladeira e perguntou:
"O que temos?"
"Só isso."
"Posso fazer um macarrão. Tem massa?"
"Ali na despensa", indiquei.
"Eu sei. Do que você gosta?"
"Qualquer coisa."

"Posso fazer um espaguete rápido com alho, tomate e azeite."
"Pode ser."
"Vinte minutos."
"Pra mim, tudo bem."
"Podíamos abrir um vinho."
"Claro..."
"Abre um vinho, enquanto eu esquento a água."
"Boa ideia."
Fui à sala reanimado. Que bom. O dia estava ensolarado. Ótimo para um vinho, uma massa, uma conversa fora com uma amiga. Perguntei, gritando:
"Tinto ou branco?"
"Tinto é melhor."
Tinto. Vou abrir este Bordeaux. Me disseram que este é de uma boa safra. Leve. Puxa, preciso arrumar um pouco a casa. Deixa eu guardar este jornal. Uma música, sim.
"O que você quer ouvir?"
"Qualquer coisa."
Boa. Coloquei "Qualquer Coisa". Deixa eu abrir estas janelas. Será que tem papel higiênico no lavabo? Tem. Meu banheiro está uma zona. Deixa eu arrumar. Penduro esta toalha aqui.
"Você gosta de muito sal?", ela gritou.
"Tanto faz."
Será que ela ouviu? Está alta a música. Deixa eu abaixar. Deixa eu abrir estas janelas, entrar um pouco de ar.
"Achou o sal?"
"Achei", gritou de volta.
Onde eu estava, sim, abrir o vinho. Onde está o saca-rolha. Aqui. Duas taças. Que cheiro bom. Bom mesmo este vinho.
"Pronto."
"Um brinde", ela disse sorrindo.
"Vamos brindar a quê?"

"À Malu."
"A nós", corrigi.
"Hum, bom este vinho."
"Um Bordeaux básico. Leve, né?"
"Você tem escorredor?"
"Tenho. Deixa eu pegar."
"Quanto eu ponho de macarrão? Será que só isso dá?"
"Deixe eu ver... Como está a sua fome?"
"Um prato. Cheio."
"Então, dá."
"Adoro este cheiro de alho fritando."
"Eu também."
"Adoro este disco", ela disse e começou cantar: *"Esse papo já tá qualquer coisa..."*
*"Você já tá pra lá de Marrakesh..."*, cantei em seguida.
*"Mexe qualquer coisa dentro doida..."*
*"Já qualquer coisa doida dentro mexe..."*
"Que doido", ela disse, sorrindo.
"Não é? *Sexy*."
"É. Qualquer coisa dentro doida mexe... O que ele quis dizer?"
"Qualquer coisa. Música doida."
"É."
*"Sem essa aranha, sem essa aranha..."*, cantei.
*"Quero que você ganhe, que você apanhe"*, cantou.
*"Sou o seu bezerro."*
*"Gritando mamãe."*
*"Esse papo meu tá qualquer coisa..."*
Ela riu, me mostrou a taça já vazia, que enchi prontamente. Enchi a minha também. Bebemos nos olhando.
"Uma delícia este vinho", ela disse, virou-se, encostando a barriga na pia. Passou a cortar tomates na tábua. Nunca

a achei nada de mais. Mas comecei a perceber seu corpo de outro jeito, magrinha de peitos grandes, um cabelo tingido, semiavermelhado, liso, brega, mas não era mau. Sueli, a amiga mala, a que não gostou de mim desde o primeiro dia, a tal amiga separada, sempre carente, sempre sozinha, sempre em busca de um grande amor, sempre entrando em roubadas, sempre complicada, eu sabia de tudo, sabia mais dela do que ela mesma, soube de seus raros casos, porque Malu os relatou em detalhes, soube das épocas em que a falta de sexo lhe dava dores nos rins, uma histérica, Sueli, a histérica, invejava Malu, copiava Malu, Sueli agora ali, cortando tomates, com a bunda empinada.

"Você nunca mais se casou? Nem namorou? Por quê?"

Ela me olhou, enxugou a taça e me estendeu vazia. Servi novamente.

"Sei lá. Vai ver, ninguém me quer."

"Você é uma mulher atraente."

"Sou nada. A Malu, sim, é linda."

"É, ela é linda."

"Eu, não, ninguém me nota."

"Ninguém te paquera?"

"Não, especialmente quando saio com a Malu."

"Por quê?"

"Ai, desculpa, falei sem querer... Ah, você sabe, a Malu é atraente, muito, muito... A gente sai, e ela leva cantadas, bilhetinhos, os caras ficam loucos por ela, nem olham pra mim. Mas ela nem dá bola. Ela te ama muito. Morro de inveja de vocês."

"Também não é assim."

"Você é um homem de sorte. A Malu vale ouro."

"Eu sei."

"Sabe, eu não gostava de você."

"Sei."

"Eu já tinha ouvido falar da sua fama. Sou amiga da Malu desde a adolescência. Quando ela veio morar aqui por sua causa, eu fiquei, sabe, preocupada."
"Fama de quê?"
"De galinha. Mas depois vi que você estava apaixonado de verdade."
"Eu tenho fama de galinha?"
"É. Mas não sei, não acho você galinha. Acho que é um sedutor."
"E qual é a diferença?"
"Um galinha quer comer todas, qualquer uma, quanto mais, melhor. Um sedutor gosta de seduzir algumas, as que o atraem. Um galinha no fundo odeia as mulheres, sente raiva delas. Um sedutor gosta."
"Sabe, quando eu tinha 14 anos, a filha do zelador fazia faxina em casa às sextas-feiras. A casa estava sempre vazia, já que minha mãe e meus irmãos trabalhavam, e eu era o caçula. Numa tarde de sexta-feira, com esta menina de quem não me lembro do nome, eu estava fazendo lição de casa. E minha mesa era na cozinha. Ela cismava em picar alho, cortar cebolas e tomates exatamente enquanto eu estudava. Para quem tem 14 anos, uma mulher picando tomates na pia é a imagem mais *sexy* no mundo, porque o movimento dos braços se expande, mexe o tronco, mexem os quadris, e ela prestava este particular serviço sorrindo para mim. Como você."
Sueli jogou os tomates cortados na panela e abaixou o fogo. Virou-se para mim e sorriu. Servi mais uma taça e continuei:
"Quem tem 14 anos não tem vocabulário para adiar, age num impulso, é incontrolável, como um tigre se jogando sobre uma presa."
"É?"
"Não deu outra. Não sei até hoje o que aquele sorriso e aque-

les quadris indicavam, só sei que me joguei como um canibal mudo, em transe, e me agarrei naquele corpo como se estivesse caindo num abismo, me juntei a ele como se estivesse epilético, e antes que a louça na pia desabasse, fui arrastando a minha presa para o meu quarto, trancado nela, tremendo, esfregando, apertando, ela de costas, nem dizia calma, nem assustada, porque, então, sim, tudo aquilo queria dizer algo, tinha me provocado, esperava pelo bote, só não esperava que fosse tão rápido, não esperava que, assim que eu a jogasse na cama, eu gozasse como uma batida de porta, ainda vestido, ainda grudado no seu tronco, ainda nas suas costas, antes que alguém chegasse. Foi assim que perdi a virgindade. Quer dizer... Passei a semana indo ao colégio me achando o homem mais vivido de todos. Porém, eu sabia, nada tinha acontecido, se bem que, aos 14 anos, o que aconteceu foi muito. E temi pela próxima sexta. E se ela não aparecer?"
"E ela apareceu?"
"Na outra sexta, voltei do colégio, e ela estava lá, na cozinha, era assim a sua rotina, lavar e passar, lavar banheiros, faxina na casa, e cozinhar no final. Ser agarrada pelo menino da casa não estava na sua agenda."
Sueli riu. Virou de costas e voltou pro fogão, mexendo o molho com uma colher de pau. Desligou o fogo. Checou o cozimento da massa.
"Cuidado agora!", ela disse, pegou a panela e jogou o espaguete no escorredor. Um vapor quente subiu, uma nuvem entre nós.
"E o que você fez?", perguntou.
"Entrei pela sala como se nada tivesse acontecido. Entrei sem dar boa-tarde. Entrei e fui direto para o quarto. Joguei a minha mochila com força, para ela saber que eu estava lá. Não falei com ela, não para me fazer de difícil, mas porque eu não saberia o que dizer."

"Você estava tenso. Era um menino."
"No quarto, meu coração batia forte. Eu queria de novo. Tentava planejar algo, pensar num momento, num cômodo, interrompendo um de seus afazeres, meu corpo só queria uma coisa, sair daquele quarto e pular sobre ela, onde estivesse."
"E aí?"
"É isso aí, lá vou eu, o tigre, acabar com isso logo, vou dominá-la. Abri a porta do quarto e parei no corredor. Entrei no banheiro, liguei o chuveiro e esfriei a cabeça. Meu pau estava tão duro que se uma gota de água caísse nele eu gozaria..."
Dei uma pausa, respirei e continuei:
"Como agora."
Sueli pegou o escorredor e o chacoalhou, para verter toda a água.
"Me passa a tigela", ela disse.
Peguei a tigela e a coloquei na pia. Ela jogou o macarrão nela.
"Acho que vai ficar bom."
"Quer que eu continue?"
"Pode ser..."
"Não pude lavá-lo, de tão duro. Escovei os dentes, penteei o cabelo, me olhei no espelho: Vai fundo, cara. Se o tesão é incontrolável, tem de ir atrás, não é?"
"Não sei...", ela disse, bebeu o vinho e jogou o molho sobre a massa, ainda de costas pra mim.
"Abri a porta do banheiro, e ela estava parada, diante de mim."
Sueli se virou. Ficamos frente a frente.
"Ficamos por um instante sem reação. Não tinha nenhuma expressão em seu rosto. Nem um leve sorriso. Parecia uma estátua de cera. Como você, agora. Foi quando eu entendi. Minha primeira lição. Quem quer muito, tem de dar sinais a quem está em dúvida ou insegura. Ela não faria nada até o meu primeiro gesto. E ela faria tudo, depois da porteira

aberta. Meu primeiro gesto foi de uma obviedade sem tamanho."

"Qual foi?"

"Coloquei a mão no seu peito."

Coloquei a mão no peito de Sueli.

"E assim ficamos, parados. Era como se eu tivesse colocado a mão numa lâmpada quente."

O peito de Sueli ardia.

"E o que ela fez?"

"Ela tirou a mão e entrou no meu quarto. Demorei pra me tocar que eu devia fazer o mesmo. Ela se sentou na cama. Me sentei ao seu lado. Coloquei de novo a mão no seu peito. Ela tirou a camisa. Pulei em cima dela, tremendo como um desesperado. Ela falou, finalmente: Calma. Vai com calma. Tira a minha calça. Isso. Não amassa ela. Dobra. Isso. Coloca ela ali. Vem. Passa a mão em mim. Devagar. Ainda não. Passa nas pernas. Aqui na coxa. Mais leve. Com carinho. Me lambe a barriga. Devagar."

Eu continuava com a mão no peito de Sueli. Coloquei a outra em seu quadril.

"O que mais ela disse?"

"Me beija..."

Passei as duas mãos nas costas de Sueli, desci até os quadris, trouxe o seu corpo e a beijei. Ela virou o rosto. Grudei meu corpo no dela. Procurei a sua boca com a minha. Ela virava o rosto. Abracei-a mais forte. Encostei o meu pau duro em seu corpo. Encostei e pressionei. Estava encurralada. Recuando, tentando fugir, ela se deu mal, porque se sentou na pia, e me encaixei melhor, abrindo as suas pernas com força, lambi a sua orelha, ela queria, mas não queria, que conflito infernal, suspirava, tesão, receio, lambi o seu pescoço, ela se inclinou para trás, oferecendo mais área, mas suas mãos agarravam as minhas costas, às vezes acariciando-as, às vezes arranhando com raiva, finalmente minha boca encontrou a sua, um beijo de leve, consentido, e logo um beijo forte, sua língua procurando a minha, e depois parava de novo, suas mãos me amavam e me odiavam, me machucando com suas unhas, mordi a sua nuca com força, ela puxou meus cabelos com força, dei um gemido de dor, ela então acariciou meus cabelos, me beijou, vários beijinhos, como se desculpando, trançou as pernas nas minhas costas, passei as mãos em suas coxas, uma delícia, como era gostosa, nunca tinha reparado, como ela era gostosa, tirei meu pau pra fora, ela deu um pulo, mas a agarrei com mais força, beijei-a carinhosamente, calma, calma, encostei meu pau na sua boceta, ela virava o rosto, como um "não" exagerado, fechou suas mãos nas minhas costas, cravou as unhas na minha pele, esperei se acalmar, esfregando meu nariz delicadamente em seu rosto, beijando sua testa, suas bochechas, voltamos a nos beijar, era uma luta, era tesão, ela abriu bem as pernas, suas mãos passeavam pelas minhas costas e cabelos, levantou o vestido, afastou a calcinha, e enfiei o meu pau nela, que tremia toda, me beijava e tremia, já estava gozando, um orgasmo longo, gemendo, tremendo, arrepiando-se, suando, eu enfiando nela, e ela gozando sem parar, quando o barulho de uma porta batendo, passos, uma mochila jogada no chão e um silêncio. Malu, na porta da cozinha.

Uma vez, descobri que a vida é desesperada. Mas vale a pena?

Só me lembro de *flashes* rápidos. Nada foi dito. Malu saiu batendo a porta. Fiquei no sofá da sala, olhando tudo como um defunto observa seu velório. Sueli se escondeu na cozinha, chorando o tempo todo, às vezes aos berros, mas não ousava aparecer na sala. Depois de muito tempo ela apareceu. Foi ao banheiro, lavou-se, voltou, sentou-se à minha frente, e ficamos assim, mudos, até a tarde cair. No escuro, ela se levantou, acendeu a luminária da minha mesa. Viu o exemplar de *Madame Bovary*, colocou-o debaixo do braço e foi saindo. Alcancei-a no hall, esperando o elevador.

"Esse livro não! Dá ele aqui!"

"Qual é, cara?! Ele é meu!"

Vale a pena?

"*Luiz, querido*

*Eu te amei muito. Muito mais do que você imagina. Mas tive de tocar a minha vida. Você agora sente a minha falta, mas não demonstrava isso nos últimos tempos quando estávamos juntos. Você foi a pessoa mais importante da minha vida. Mas eu preciso seguir. Eu estou bem, apesar de você não ter perguntado. Como se estivesse no meio da curva: não sei o que tem na frente, não vejo por onde passei e, se eu me atrapalhar, capoto. Agora você me diz que nosso relacionamento não estava tão bom. Eu sempre achei que era o máximo. Você diz que sua vida parece aquelas antenas antigas. Você está lá, vendo TV, não está muito bom, mexe, e fica pior, aí sente falta do que tinha antes. Você, do seu jeito, diz que ainda me ama. Não posso voltar atrás, ficaria a sensação de que você está com o menos pior. Tive que assinar uma TV a cabo.*

*Malu.*"

Está vendo? É a minha cidade. Parece uma foto desfocada, com luzes apontando para todas as partes, uma armadilha. Prédios e antenas, com lâmpadas de sinalização vermelhas. Olhe ali, é o meu bairro. Está vendo? Familiar. Antigamente, muitos prédios baixos sem cor e muitas casas neutras. E geminadas, como dominó. Quantos prédios agora, reparou? Minha rua, que já foi calma e arborizada, anda escondida na escuridão destes prédios. Esse aí é o jardim iluminado da entrada do meu prédio, luzinhas de enfeites de Natal. Agora conte nove andares. Olhe eu ali na varanda. Sim, aquele vulto desconcentrado sou eu. E aí? É claro que eu queria tudo diferente. Aconteceu, porque não havia acontecido antes. E quer saber?

1ª EDIÇÃO [2003] 7 reimpressões

ESTA OBRA FOI COMPOSTA PELA ABREU'S SYSTEM EM MINION
E IMPRESSA EM OFSETE PELA LIS GRÁFICA SOBRE PAPEL POLÉN SOFT DA
SUZANO PAPEL E CELULOSE PARA A EDITORA SCHWARCZ EM SETEMBRO DE 2017

A marca FSC® é a garantia de que a madeira utilizada na fabricação do papel deste livro provém de florestas que foram gerenciadas de maneira ambientalmente correta, socialmente justa e economicamente viável, além de outras fontes de origem controlada.